灰の世界は神の眼で彩づく
俺だけ見える　で、
最弱から最強へ駆け上がる
KAZU
illust. まるまい
俺達はそのルビー色の箱に触れる。
凛とした音と共に、異界の門が開かれる。
半端な覚悟も、半端な実力も通じない
強者のみが生き残る異空間。
人類が攻略したキューブの到達点。

天地凪《あまち・なぎ》
天地灰《あまち・かい》
龍園寺彩《りゅうえんじ・あや》

龍園寺景虎《りゅうえんじ・かげとら》
天道龍之介《てんどう・りゅうのすけ》
銀野レイナ《ぎんの・れいな》
田中一誠《たなか・いっせい》

銀野レイナ《ぎんの・れいな》
世界最強の女性攻略者。
ミステリアスな美人で灰の恩人。
龍園寺彩《りゅうえんじ・あや》
アーティファクトを生成できる
稀有な能力を持つ美少女。
灰に惚れている。

灰の世界は神の眼で彩づく 2

～俺だけ見えるステータスで、最弱から最強へ駆け上がる～

KAZU

OVERLAP

CONTENTS

The Gray World is
Coloerd by The Eyes of God

イラスト／まるまい

第一章 ▼ プロローグ

The Gray World is Coloerd by The Eyes of God

最弱の俺は、いや、せっかくだから言いなおそう。

元最弱の俺は、神の試練を越えて最強への道を進んでいる。

力の試練では、自分と同じ力を持った敵を死にかけながら倒した。

知の試練では、頭を使い多くの挑戦者の死体の山で神に忠誠を誓い乗り越えた。

心の試練では、最も大事な者のために命を捨てた。

そして手に入れたのが、ステータスを見る力。

――神の眼《め》。

この俺だけ見えるステータスで、最弱から最強へと駆け上がる。

とはいえ、まだまだ道半ば。

「さぁ、いつでも構わんぞ!!　全力でこい！」

今の俺では目の前のアロハシャツを着たムキムキのキン肉マンに勝てるわけもない。

ここは龍園寺《りゅうえんじ》邸の巨大な庭。

そこで仁王立ちするのは魔力10万越えのS級攻略者、そして現日本ダンジョン協会会長、龍園寺景虎《かげとら》。

この国で五指に入る強者の一人。

それでも連日稽古をつけてもらっているのだからせめて一本ぐらいは取りたいもので。

「今日こそ一本取りますよ、会長！」

「ははは、さぁ！　全力でかかってきなさい!!」

俺は真剣を握り、会長を信じて剣を振る。

地面を駆ける。

人類のかつての到達点を一瞬で飛び越えて車よりも速くまるでミサイルのような速度で飛んでいく。

振り下ろす剣、しかしその巨体からは想像できない柳のような動きで躱《かわ》される。

「ほれほれどうした！　儂《わし》はもう70を過ぎとるぞ？」

「70過ぎの動きじゃないでしょ!!」

躱され続ける俺の剣、くそ！　なんだそのふざけた避《よ》け方は！

まるで遊ばれているように俺の剣は適当に躱される。

指先一本で剣の流れをずらされたと思ったら、背後からデコピンされる。

デコピンだけで吹き飛ばされる破壊力、ってかめちゃくちゃいてぇ……。

少しの攻防だが、俺はいつの間にか没入していた。

集中力が高まって、俺の眼は。

「お？　灰《かい》君、今日はさっそく本気じゃな」

黄金色に輝いた。

「神の眼……大層な名前じゃな」

神の試練を経て俺が手に入れた力、それがこの両眼に黄金色に輝く神の眼。

ステータスから魔力から、ありとあらゆる超常の力を見通す力。

それを発動しながら作戦を立てた。

剣を自分の体で隠すようにして会長に向かって走る。

「……だが……良い眼じゃ……真っすぐで」

会長はまるで空手のように、構えて足踏みする。

魔力の放流が空気を震えさせ、草木を揺らす。

それを見た会長は、俺の両手が持つはずの剣を注視する。

俺は剣を振り上げ、そのまま剣を会長に向かって振り下ろそうとする。

「おぉぉぉ！！！」

「!?」

だがそこに剣はない。

俺の持つスキルの一つ――光を乱反射させ一時的に任意の場所を不可視の幻影とする。

「ミラージュか！」

だが会長はそのスキルを知っていて、俺が握る剣が見えないことから剣を不可視にしたと判断した。

判断の早い会長は、見えない剣に対して、魔力の鎧《よろい》で覆われた鋼鉄のような腕を掲げた。

見えない刃が会長の右腕でガードされるはず。

だがそうはならない。

「なんと!?　二段ブラフか！」

剣を見えなくしたのは本当だ。

だが見えなくして手に握っていたわけではない。

あたかも握っているかのようにふるまっただけ、剣は見えなくしてそのまま腰に刺している。

魔力の差がこれほどあると一瞬しか効果がない不可視の一閃《いっせん》。

景虎会長にはすぐに看破されるだろう。だからこの一瞬だけでいい。

一瞬だけでも俺のこの両手に剣を握っていると錯覚させるだけでいい。

受け止めたと思った会長の一瞬の隙、上段から振り下ろした幻影の剣はそもそも存在しないのだから当たり前のように空を切る。

空ぶったまま、流れるように俺は会長の前でしゃがみ込む。

そして腰に携えた本物の幻影の剣を右手で握る。

「はぁぁぁ!!」

渾身《こんしん》の居合切り。

「見事……」

振りぬいた剣、その剣は真っすぐと会長の脇腹へ突き刺さ……りません！

硬すぎる。一体どんな魔力密度なんだよ……。

「がはは！　これは一本とられたのぉ！　もし魔力が同等なら負けておったじゃろう……」

するとと会長はその大きな手を俺の頭に伸ばして頭をなでた。

「この短期間で本当に強くなったの、灰君」

「会長のご指導のおかげですよ！　それに一本だまし討ちで取っただけです」

「がはは！　ナイス向上心！」

再びその大きな手で俺の頭をわしゃわしゃとなでる。

俺はただ、それが嬉《うれ》しかった。

「しかし最後の一瞬、迷ったの」

「ばれてましたか……」

そう、俺は最後の一瞬このままでは会長を傷つけてしまうのではないかと思ってしまった。

そのせいで確かに若干鈍った。

本気でやっても一切ダメージは与えられなかったと思うが、でも人を刺す、人を切るということには、やはり本能が邪魔をする。

「そうか……それでいい。それが普通じゃ。だが灰君。君はこれから普通ではない世界に入っていく。その力がもたらすのは力だ、そして呼ぶのも力。命の危険もあるだろう。その時、人を切れませんでは話にならんぞ」

「……それは……はい、わかります」

「だが覚えておいてほしい、年寄りからの助言じゃ。何かを守るということは、誰かを殺すということと表裏一体だということを。灰君には成し遂げたい夢も守りたい人もいるはずじゃ。なら人を、敵を殺す覚悟を持ちなさい。血生臭い世界じゃ、きれいごとだけで守れなかった命を儂は何度も見てきた、君はもうその世界に足を踏み入れることを決意したのじゃから」

「…………」

俺は人を殺している。

会長の娘、龍園寺彩《あや》を狙ってきた滅神教《めつじんきょう》のフーという敵を俺は殺している。

無我夢中だったとはいえ、俺にとって初めての殺人。

それがどこか心に引っかかっていることに気づいた会長からの助言だった。

そしてきっと会長が歩んできた道でもあるのだろう、多分会長も人を殺している。

俺はまた殺さなければならない敵が現れた時、人を殺すことができるのだろうか。

悪とはいえないような、でも俺にとっては敵である人を。

少し落ち込み悩むようにしていた俺に会長が優しく言葉を続ける。

「灰君、それでも一つだけ覚えておくといい」「……なんですか」

「どれだけの人を殺そうとも、心に一本の芯を持て。自分が何に代えても守りたいもの。

それが迷った時、挫《くじ》けそうな時、己を支えてくれる唯一の柱となる。灰君にはあるかの？」

「俺の……」

俺は思い出す。

自分にとって命を賭《と》して守りたいものが何なのか。

「凪《なぎ》……」

凪をAMSから救う。

そのためなら俺は悪にでもなってやる。

それが俺の戦う理由で、絶対に成し遂げたい理由。

そして何度も死にかけた時その想《おも》いに助けられた。

力の試練の時も、初級騎士との戦いの時も、そしてフーの時も。

「……景虎会長はあるんですか？　護《まも》りたいものが」

「儂か？　もちろんあるぞ。この国に生まれ落ちて70年。魔力がない時代から儂は戦ってきた。そして今もな。だから儂が守りたいものはこの国に住まうすべての国民じゃ。その中にはもちろん、君もおるぞ」

その、にかっと笑う会長の笑顔に俺はつられて笑った。

顔を上げて、真っすぐ会長を見て返事をする。

「俺は会長ほどの覚悟はありません。でも……」

俺はゆっくり顔を上げて、会長の眼を真っすぐ見て答えた。

「命をかけて守りたいものがあります」

会長はにっこり笑う。

「よし、ではお風呂にしようか、汗を流さなくてはな！」

「はい！」

第二章▼お嬢様とおデートです

「たーなっかさん♪、B級キューブの許可をくーーださい！」

俺はもしかしたら効果があるかと思って陽気な感じで田中《たなか》さんに頼んでみる。

「まだ早いだろう、あれからまだ一週間。それにB級ともなると手続きが……」

「くっ。だめか。やはり田中さんには誠実タイプでお願いしたほうが……」

「いや、言い方の問題ではないよ？」

あれから俺はC級キューブを攻略した。

だがはっきり言おう、どの魔物も俺に気づかずに死んだ。

ステータスでは全員が俺よりも知力が低い。

一番高いものでも１０００を超えた程度。

ならば俺の敵ではなかった。

「俺の魔力は十分B級をソロで攻略できると思います！　お願いします！　凪を早く助けたいんです」

俺が焦る理由の一つ。

それは凪の精神状態だ。

閉じ込められる期間が長ければ長いほど精神が異常をきたすと言われている。

凪が今どんな思いでいるか想像するだけで俺はいてもたってもいられない。

「……し、しかし……」

田中さんは悩んでいた。

それもそうだ、B級キューブには魔力量1万に近い魔物が現れる。

C級とは一線を画し、A級の田中さんとはいえ一対一で相性が悪ければ敗北する魔物だっているダンジョンだ。

自分ですら難しい場所に俺を送り込んでいいものかと悩んでいるのだろう。

その時だった。

田中さんに一本の電話がかかる。

「失礼……ちょっといいかな？　彩君だ」

「彩が？　はい、どうぞ」

電話の相手は龍園寺《りゅうえんじ》彩。

日本ダンジョン協会会長の孫娘、そして会長と同じく魔力10万越えのS級覚醒者。

黒く長い髪はサラサラで、お嬢様というものを体現したような女性。

俺が滅神教《めつじんきょう》から助けた少女でもある。

「あぁ、私だよ。……そうか！　わかった。いや、今ちょうど目の前にいてね、替わろうか……ん？　どうしたそんなに慌てて。いいかい？　替わるよ？」

そういって田中さんは電話を俺に渡す。

「彩君だ。何やら焦っていたがね」

田中さんは、なぜかニヤニヤしている。

俺は不思議に思いながらその電話を受け取った。

「もしもし、彩？」

「あ、お、お久しぶりです！」

「あぁ、一週間ぶりかな。どうしたの？」

「それが、アーティファクトの製造方法が確立して、成功しました！　だから灰《かい》さんのも作りたくて」

「うそ!?　まじ！　すぐにいく!!」

「で、でしたら……あ、あの！」

「ん？」

「わ、私と今日、お、お昼を食べていただけませんか？　外で……2人で……」

（そうか、今、彩は会長が一緒にいる時以外は外にでることを禁止されてたな……なら）

「もちろん。俺が君を守るよ。安心して」

「……」

（あれ？　返事がない……）

「もしもーし、彩？」

「は、はい！　ではよろしくお願いいたします！　自宅で待ってますので!!」

ツーツーツー

「切れちゃったよ、なんか声が上ずってたな。田中さん電話ありがとうございます」

俺は田中さんに電話を戻す。

田中さんは受け取りながら笑いだす。

「君、実は狙ってるだろう」

「なにがですか？」

「いや、なんでもない。彩君も大変だな……天然のたらしは……」

俺は不思議に思いながらもアヴァロン本社を後にした。

真っすぐと彩の自宅へと向かうことにする。

「アーティファクトか！　それがあればB級ダンジョンも余裕かもな」

あの破格の性能のアーティファクトを自由に作れるようになったというのなら俺の力の底上げになる。

それこそB級ダンジョンですらソロで簡単に攻略できるだろう。

俺はウキウキしながら彩の家に着き、インターホンを鳴らす。

相変わらずの豪邸だな、俺もそろそろ引っ越しを考えるか。

実は会長の伝手《つて》もあり、攻略したダンジョンの魔力石を換金してくれることとなったので、意外と今は小金持ちになりつつある。

ピーンポーン
「はい、灰さんですか？」

「つきました、どうします？」

「すぐにいきますので、お待ちいただけますか？」

「はーい」

俺は門の前で待つ。

お昼食べに行くなんてちょっとデートみたいだなとも思ったが、一週間家にこもっていたんだ、外に出たい気持ちはわかる。

「お待たせしました。本日はお願いします」

門にもたれ掛かっていると背中越しに話しかけられる。

振り向くとそこには、まるでファッション雑誌に載っているようなモデルがいた。

テレビに出ているタレントかアイドルのような、そんな綺麗《きれい》で、清楚《せいそ》を絵に描いたような女性がいた。

お嬢様ファッションというのだろうか。

とても綺麗だが、ドレスとかではなく、悪く言えば童貞が死にそうな可愛《かわい》さの中にセクシーさもある服装だ。

そして俺は童貞だ、この意味がわかるな？　普通にドキドキする。

肩を大胆に出して、高そうな小さなバッグを両手で持っている。

そんな小さなバッグに何が入るというのだろうか、水筒の一つも入らないぞ。

あれ？　普通の人って水筒持ち歩かないか？

「……やっぱりお嬢様って感じだな」

「それは褒めていただいていると受け取ってもいいのでしょうか？」

「うん、とても清楚系って感じですごい好き」

「――!?」

うつむく彩《あや》、しかしすぐに顔を上げて少し睨《にら》むように俺を見る。

相変わらずのお嬢様、いや女王様の鋭い目線、怖いんですけど。

「灰さん。実は女性の扱いに慣れていますね。でも私そんなにチョロくはないです。命を助けたからって甘くみないでください」

「慣れてる？　彼女できたことないからよくわからないけど……残念ながらモテないし」

「……彼女いたことない？」

「恥ずかしながら年齢＝彼女なし……色々忙しかったのもあるけど」

バイトと妹の介護と多少の勉強、俺の青春はほとんどそれに費やされていた。

好きな子ができたことはある……がそんなことに現《うつつ》を抜かせるほど余裕はなかった。

「そうですか……」

小さく握りこぶしを作りなぜか嬉《うれ》しそうな彩。

あんまり恥ずかしいからこの話題はおいておこう。

「じゃあどこに行く？」

「そうですね……ショッピングモールが近くにありますからそこにしますか？」

「あ、なんかもっとイタリアンとか高級フレンチを予想してた。意外と庶民派？」

「夜ならそれもいいんですけどお昼ですから。それにどう思われているか知りませんがこの国で18年過ごしています。ダンジョン協会会長の孫ということを除けばどこにでもいる普通の女の子ですよ？　私」

「はは、ごめん。どこか王女様的なものを想像してた」

カップめん？　なにそれっていう反応を期待していたが、そんなお嬢様、この国にはいないか。

特に景虎《かげとら》会長はたたき上げの戦士で、元普通の人。

大富豪ではあるが、大企業の社長というわけではないので案外彩は普通の感性を持っているようだ。


「それで、彩。アーティファクトって？」

俺達《たち》はショッピングモールへとやってきた。

平日でも人が多く、何でもそろう庶民の味方、商店街の敵、真夏は涼むだけでも十分助かる、なんせ我が家のエアコンはカビ臭いからな。

「その話は落ち着いてからしましょう。少し心の準備がいります」

「ん？　わかった」

俺達は確かに聞かれてはまずいなということで、個室っぽいお店を選ぶ。

和食のお店で少しお高めだが、今の俺なら何の問題もない。

「いらっしゃいませーー」

俺達はそれぞれ注文をする。

ざるそば定食……うん、美味《おい》しそう、海老天《えびてん》も載せちゃえ。うひょー！　トッピングすることを戸惑わないぐらいには稼げており、それだけでテンションが上がるぐらいに俺はちょろい。

なんせ、節制の日々は成長期の俺にはきつかった。

そのせいであんなにひょろかったのかと思う。

今は食べたいだけ食べても全部筋肉に変わる。

このままいくと景虎会長みたいになるのだろうか、それはちょっと嫌だな。

「では、灰さん。こちらを見てください。あなたの目にはどう映りますか？」

彩がその小さなバッグからいくつか丸い結晶を取り出す。

そのどれもが上位の魔力石、A級。

これ1つで億単位の超高級品、いうなれば宝石だ。

「ちょ、こんなとこで」

「大丈夫です、灰さんがいるなか盗めるような人はいませんし……」

「まぁ周りにはやばそうな人はいないか……」

俺の目が黄金色に輝き、周囲を確認する。

実は気づいたことがある、ステータスを見る時俺の目の奥は黄金色に輝くのだ。

近くでみなければわからないが、鏡越しでもわかるほどに。

少し厨二心《ちゅうにごころ》が揺れるほどには、かっこいい。

周りが問題ないことを確認した後、俺はその宝石の1つ、緑色の玉を見る。

「これがアーティファクト……」

属性：アイテム（アーティファクト）
名称：緑龍の魔力石
入手難易度：S
効果：防御力の魔力反映率25％上昇
　：素早さの魔力反映率10％上昇
説明
緑龍の魔力石を、アーティファクトと化したアイテム。
適合者：龍園寺彩

適合者以外が触れると、崩壊します。
崩壊まで：00：00：10

「え!?　適合者!?　崩壊!?　ちょっ！」

「失礼します」

そう言って彩は俺の手からその緑の玉を受け取った。

「では今はどう見えますか？」

属性：アイテム（アーティファクト）
名称：緑龍の魔力石
入手難易度：S
効果：防御力の魔力反映率25％上昇
：素早さの魔力反映率10％上昇
説明
緑龍の魔力石を、アーティファクトと化したアイテム。
適合者：龍園寺《りゅうえんじ》彩

「崩壊までの時間が消えたよ。適合者は彩になってる。ちなみにこのアーティファクトは防御力と素早さの反映率を上昇させるみたいだ。だけど……俺には効果がなかった」

「……そうですか。やはりですね」

「何か知ってるみたいだな」

「おじいちゃんとたくさん検証させてもらいました。まずいくつかわかったことをお伝えします」

「いいのか？」

その秘密は彩にとって生命線だ。

俺に教えていいのかと尋ねる。

「灰《かい》さんなら……信じてます」

「わかった」

彩はこくりと頷《うなず》き説明を始めた。

まずアーティファクトの元となる魔力石だが、A級以上でなければだめだそうだ。

B級以下ではすぐに壊れてしまうとのこと。

そしてアーティファクトは複数持っても効果が生まれない場合がある。

これに関しては要検討だといっていたが、おそらく知力を100％上げるアーティファクトを2つ持っても200％にはならないということだろう。

もしそれができるなら、何十個もアーティファクトを持てばそれこそ無敵となる。

彩の検討の結果だが、おそらく重複することはないのだという。

例えば2つのアーティファクトがあり、片方は10%、もう片方は15%上昇だとするのなら2つもっても25%上昇ではなく、15%上昇となる。

だが知力と攻撃力を上げるアーティファクトならそれぞれ持てるようだ。

試しに彩が3つのアーティファクトを持って見せる、そしてそのステータスを見た俺は絶句した。

「化物かよ……」

名前：龍園寺彩
状態：良好
職業：アーティファクター【覚醒】
スキル：アーティファクト製造Lv2
魔　力：325040
攻撃力：反映率▶25%=81260
防御力：反映率▶25%=81260
素早さ：反映率▶25%=81260
知　力：反映率▶200%=650080

装備
・緑龍の防＝攻撃力反映率25％上昇、防御力反映率10％上昇
・黒龍の力＝防御力反映率25％上昇、素早さ反映率10％上昇
・黄龍の早＝素早さ反映率25％上昇、攻撃力反映率10％上昇

「これで守ってもらわなくても大丈夫ですね、S級の攻略者に比べれば経験は浅いですが十分戦える力です」

「十分すぎるな……普通に俺より強いよ」

そして先ほどの彩の仮説通りに、能力は重複しない。

各能力値には最大の値が反映されているようで、合計ではないようだ。

「灰さんならすぐに私を超えるでしょう。それで先ほどのアーティファクトの崩壊……ですが、私以外が持つと壊れるようです。おじいちゃんに持たせると10秒ほどで壊れてしまいました。しかも効果なしで」

「まじか……」

俺は落胆する。

アーティファクトの力をあてにしていたが10秒で壊れるなら使えないとはいかなくてもあまり効果はないだろう。

特にソロ攻略を主軸にしている俺では、ダンジョンに持ち込むことはできない。

「ですが、私以外が持っても壊れない方法があります……」

「え!?」

俺は少し大きな声を出して立ち上がる。

「……その前にまず説明しますね。これはA級キューブのボスからとれた魔力石です。ちなみに値段は5億円。おじいちゃんの現役時代の戦利品の1つです」

「おっふ……」

俺はその想像もできない額に思わず声が漏れる。

5億？　宝くじかよ。

でもA級の魔石とはそのレベルの値段で取引される。

特にボスの魔石ともなると、1つで東京の電力を一週間は賄える程の力があり、相当な値段になる。

こんなに手のひらに収まるほどの小さな石が、東京中のエネルギーを賄える。

それを思うと変な気分になる。

「あの日のこと、覚えてますか？　私が初めてアーティファクトの作成に成功した日のことを」

「忘れられないよ、さすがに。死にかけたんだから……」

「はい……あの日、灰さんが私をかばってくれて血を流した時。あなたの血が確かに私の口に少し入りました。記憶は薄いですが、血の味を確かに覚えています。そして、その後私の血が魔力石に触れた瞬間……アーティファクトができたんです」

「そうか、確かにそうだ。俺も覚えてるよ。ってことは血なのか？」

「……考察した結果……アーティファクトを作成するには……私の……ほにゃほにゃ……が必要です」

「ほにゃほにゃ？」

とたんにはぐらかすように、彩《あや》の声が小さくなる。

今なんて言った？　よく聞き取れなかったが。

「……液」

「えき？」

「……体液です」

「え？」

「体液なんです！　わ、私の体液が必要みたいなんです。血だったり……だ、唾液だったり……その種類と量によって成功率が上がります。A級の魔力石は高価なのであまり試せていませんが……」

「あぁ……体液が必要なのか……じゃあこの3つのアーティファクトには彩のよだれが――」

「ち、ちがいます！　血です!!　その3つは血！　涎《よだれ》じゃないです！　汗でも、とにかく汚くないですから！　そんな目で見ないでください!!」

冷静だったのに、とたんに顔を真っ赤にして否定する。

どうやらこのアーティファクトはすべて彩の血で作られたようだ、涎だと思うと少しだけエロいなとおもったのに。

もしかしたら体液って他にも……いや、それ以上はやめておこう。

「そ、それでですね。おそらくなんですが……」

「ん？」

「……灰さんの体液を私が口から摂取して、すぐにアーティファクトを作成すれば、おそらく灰さん用のアーティファクトができるんです……」

「……俺の？　俺の体液を口から？　それって……エッチな感じですか？」

「へ、へんにゃこと言わないでください！　セ、セクハラです！　もうほんと……なんでこんな力なの……」

彩が慌てて怒り出す、ごめん、確かに今のはセクハラだった。

「ご、ごめん……じゃあ俺の血とかってこと？」

「おそらく。でなければ灰さんがあの時アーティファクトを使えた理由がわかりません。だから……」

「だから？」

彩が下を向きながら、声を絞るように震えていった。

「血を……少しだけ飲ませてください……できれば……直接……」

「りょ、了解です……」

俺はその返事を聞き、腰に差していたハイウルフの牙剣を取り出した。

俺が躊躇《ちゅうちょ》すると、彩がより恥ずかしい思いをすると思うので、なんでもないことのように俺は淡々と指を浅く切った。

「で、どうしようか……」

「し、失礼します」

彩は俺が切ったほうの手を両手でつかみ真っすぐ見つめる。

俺はこの後何が起きるのか少しだけ期待してしまう。

「ま、まずは直接。次に間接的に、そして次は一度持ち帰って時間をおいてから試します。だから……はぁはぁ……えい！」

カプッ
（おぅ……）

彩が優しく俺の指をえい！　という掛け声とともに咥《くわ》える。

少し可愛《かわい》いと思ってしまうのも仕方ない、そもそもめちゃくちゃ美人なので興奮するなというほうが失礼だ。

「……」

俺は指に意識を集中した。吸われる感覚。

それと柔らかい感覚、これは舌？　俺は思わず指を動かして彩の舌をなでるように触ってしまう。

直後びくっと体を跳ねさせる彩。

指を咥えながら彩が、俺を上目遣いの涙目で見つめてくる。

なんだろう、いけないことをしている気分だし少しだけ俺の中のS心がざわめく。

「……あ、ありがとうございました。では……摂取から3秒以内。開始します」

真っ赤な顔の彩も俺の剣で浅く指を切る。

そしてその血を、先ほどの5億円する魔力石に与え念じるように両手で包み込む。

太陽のような光が個室を覆い、眩《まぶ》しい閃光《せんこう》に俺は目を細める。

そして現れたのは。

「あれ？　俺の剣？」

俺が今まで使っていた剣とまるっきり同じ形の剣が現れた。

ただし鍔《つば》の部分に先ほどの緑色の玉が埋まっているが。

「はい、作る時形をイメージしました、灰さんの使っている剣を。多少大きさは変化させられますんで」

「すごい……そんなこともできるのか」

「形や見た目は私がイメージできれば自由なんです。それに強度もA級魔力石だけあってすさまじいですよ。ですが先ほど言った通りにアーティファクトの効果は重複しません、それは武器も同じこと。おそらくですが、通常の魔力武器と同じ仕組みなのでしょう。よ

り強い能力が下位の能力を上書きする。ならば最初から武器の方がいいですよね？」

「うん！　すごい。まるっきり形が一緒だ。とても頑丈そうだし、強そうだ。グリップのところだけ何か巻かせてもらうけどすごいよこれ!!」

魔力を帯びた武器は強い能力が上書きされる。

それは周知の事実だった、もしそうでなければ攻略者は全員、全身武器だらけになる。

正確にいえば、各能力値での一番高い能力が……だが。

それを感覚ではなく、正しく知っているのはステータスが見える俺だけだろうけど。

少し例をだすと、攻撃力が100上がる武器と、50上がる武器を両方もっていたのなら攻撃力100が上がる武器の能力が反映されるということだ。

ただし、攻撃力が100、防御力が50上がる武器があったとする。

その時、もう一つ攻撃力が50、防御力が100上がる武器を所持していたのなら、攻撃力と防御力は両方100上がるという仕組みだ。

「灰《かい》さん……どうですか？」

俺はその鍔に埋め込まれた魔力石が怪しく緑に光る剣を見つめた。

属性：アイテム（アーティファクト）
名称：鬼王の宝剣
入手難易度：S

効果：全能力の魔力反映率＋20％
説明
鬼王の魔力石を、アーティファクトと化したアイテム。
鬼王は、Ａ級上位に値するゴブリンの終着点である魔物。
適合者：天地《あまち》灰

「成功だよ！　彩、成功だ!!　大成功!!　うわ、能力すっげぇ……」

「ふぅ……それはよかったです、さすがに5億の魔力石が無駄になっては私もショックですので。ではそちらは差し上げます。おじいちゃんも灰さんならと快諾してくれました」

「いいの？　これ5億ですまないよ？　それこそ国が欲しがる。値段がつけられないものだ」

全能力が20％上昇、それは上位の攻略者が使えば使うほどに圧倒的な力となる。

仮にＳ級が用いたならば、今この武器を超える力を持つ装備が世界に存在するかすら疑問だ。

世界のパワーバランスを壊しかねない、それがこのアーティファクト。

「いいんです、灰さんには命を救われましたし、それにおじいちゃんが言っていました。きっとこの国のためになると。あと……あまり……他の人のは……まだ心が受け付けません。製造工程が少し……」

「そっか、ありがとう」

多分体液のことを言っているんだろう。

年頃の女の子が他人の血を飲むなんてそりゃいやだろうな。

「では、少しだけサンプルをいただいて……」

彩が俺の血を試験瓶のようなものに入れている。

「唾液もいる?」

「!?……す、少し心の準備がまだですので……そちらは……い、いつかお願いします」

そういう彩は顔を赤くしながらうつむいてしまった。

ごめん、ほんとに他意はなかったんだ、実験ならいるかなって思っただけで。


その後、間接的に俺の血を舐《な》めて試したが、時間が経《た》つと成功しなかった。

おそらく血を流してから数秒以内までが俺の血として認識されるのだろう。

確かに血なんて全員同じ成分だし、個人差などないからな。いや、遺伝子情報とかあるのか?　それとも魔力?　何にしても結構厳しい条件なんだな。

少しだけ検証し、俺達《たち》はお店を後にした。

「せっかくだし、少し買い物していいかな?　我が家殆《ほとん》ど何もないんだ」

「ええ、もちろんです」

俺達はそのまま少しだけ買い物を楽しんだ。

道行く人が彩《あや》を見て立ち止まり見つめるほどには美しい彩。

少しだけ優越感が出てしまうのも仕方ない。

相変わらず立ち居振る舞いが綺麗《きれい》で、歩くだけでモデルのようだ。

まるでデートだなと思いながら俺は生活必需品を購入する。

「そういえば、灰さんはもうC級キューブは攻略されたんですか？」

「あぁ、結構余裕だったよ。次はB級なんだけどちょっと田中《たなか》さんが心配してててね……でもこのアーティファクトがあれば」

俺達は今、外のテーブルで喉を潤わせるため飲み物を飲んで休んでいる。

俺は彩が作ってくれたアーティファクトの剣を腰に差して握りしめる。

昔は銃刀法があってこんな物騒なものは持ち歩けなかったが、ダンジョン崩壊が起きる今では自己防衛のために攻略者の資格を持つ人は武器の所持が許可されている。

というか個人が魔力という力を持つ抜き身のナイフみたいな時代なので、ナイフ程度を持ち歩いていても変わらない。

とはいえショッピングモールで取り出すには少し物騒なのだが、緑の魔力石が怪しく光ってかっこいい。

こんな綺麗な剣をかっこいいと思わないほうがおかしいだろう。

「気に入っていただけてよかったです」

「ほおずりしたくなるほどに綺麗だ」

「ふふ」

俺達が笑い合っていると、チャラチャラした集団が俺に話しかけてきた。

男3人のカラフルな髪をした今どきの大学生だろうか。

「お熱いですねーー」

「おい、この子めっちゃ可愛いぞ」

「……そいつより俺達と遊ばない？」

こんなにテンプレの言葉を放ってくる奴《やつ》らが今までいただろうか。

なにこいつら、金でももらってる？　演技にしてもグダグダだぞ。

「結構です、不愉快ですので視界から消えてください」

（おぅ……そういえば彩ってこんなキャラだったな）

俺には大分優しいというか丸い感じなので忘れていた。

その強烈な一撃にチャラ男達は少し怯《ひる》む……かと思ったが全く怯まない。

それに少し違和感を覚えた。

まるでこちらの言葉など理解していないかのように。

「ふざけんじゃねぇ!!」

演技臭い怒り、なんだこれは。

なんでこんなに違和感を覚えるんだ。

殴りかかる男は、だが彩に余裕で止められる。

アーティファクトで強化されている今の彩にとって一般人が敵《かな》うわけがない。

少し騒ぎが起きたことで何事かと人が集まり、視線を向ける。

俺は油断していた。

確かにこのチャラ男達は弱い、それこそD級レベル、そしてここは市街地の真っただ中。

何かがおかしいが、何か起きるわけはないと。

ダンジョンの中でもないここで何か起きるとは思わなかったんだ。

だが、俺は彼らの狂気を知っていたはずなんだ。

自分達が正義だと信じ切った彼らに常識なんて通用しないのに。

そしてこの国はすでにあの日から戦場に変わってしまっているのに。

「え？」

鮮血が舞う。

彩のでもない、俺のでもない。

血しぶきを上げて、彩の手を掴《つか》んでいた男の胸が貫かれた。

その剣は勢い止まらず貫いたままに、彩に向かって真っすぐ伸びる。

彩の命を刈り取らんとする長剣が。

彩は受けられない。

戦いの経験が浅い彩には何が起きているかもよくわからずその喉に真っすぐ伸びる剣を

見つめたままだった。

だから。

キーン！

「なんだ……お前ら」

俺が守ってやらないと。

「きゃぁぁあ！！！」

ショッピングモールで突如起こった流血事件。

それを見た周りの一般人達が叫びをあげて逃げ回る。

「あ、あぁぁ！　た、たすけてくれぇ」

チャラ男達が突然正気を取り戻したように青ざめて尻餅をつく。

そのチャラ男達の後ろから現れた３人の外国人、見た目は一般人と変わらない。

しかしその目の奥には隠せぬ狂気が浮かんでいる。

まるで何事もないかのように、慌てふためくチャラ男に剣を振りかぶる。

殺すことに何も感情が動かないその剣は、真っすぐと振り下ろされる。

だが、そんなことはさせない。

俺がそれを受け止め、叫んだ。

「にげろぉぉ!!」

「あ、あぁぁ!!」

男達は逃げだした。

周りにいた一般人達も逃げ惑い、人が溢《あふ》れていたショッピングモールの広場は一瞬で人がいなくなる。

だが遠目ではなにがあるのかと、スマホを掲げるものもいる。

『さきほどといい……今のを止めるか……アンランクとはやはりうそなのだな』

外国人だろうか、俺には理解できない言語で話す男。

「お前ら。なにものなんだ。外国人……言葉が通じないな。なんで関係ない人を殺した！」

『我らは……滅神教《めつじんきよう》。殺すことに意味があり、それこそが我々の抵抗だ。だが今日の本命はお前だ。その後ろにいる女もな』

「灰さん！　彼らは滅神教《めつじんきよう》のようです！」

後ろの彩が翻訳してくれたようだった。

さすがお嬢様、何語なのかすらわからないが理解できるようだ。

「そうか……さっきの人達を操っていたのもお前らか……なら！」

おそらく先ほどのチャラ男達も何らかのスキルで操られていたのだろう。

人の命を何とも思わない滅神教《めつじんきよう》、俺はその凶刃を力強くはじき返す。

「ぬぅ!?」

「お前達を捕まえて聞きたいことが山ほどあるんだ」

俺は刃を向けて前を向く。

「灰《かい》さん！　私も戦います！　私なら！」

「いや、彩。大丈夫……この剣があるし、君は戦士じゃない」

「で、でも……」

「それに……」

黄金色に輝いているはずの俺の眼《め》。

その3人の男達のステータスを見つめた。

名前：ラン・アグリッド
状態：狂信
職業：剣士【初級】
スキル：挑発
魔　力：８５００
攻撃力：反映率▼50％＝４２５０
防御力：反映率▼50％＝４２５０
素早さ：反映率▼25％＝２１２５
知　力：反映率▼25％＝２１２５
装備

・黒象牙長剣＝攻撃力＋１０００

（……Ｂ級上位か、しかも全員……Ｂ級って結構珍しいんだがな……）

３人のステータスを見た俺は全員がＢ級であることを理解する。

そして剣士、魔法使い、アサシン。

奇《く》しくもその構図はかつてのクラスアップダンジョンと類似していた。

違うのは、今の俺のほうが圧倒的に。

「俺一人で十分だ。……ミラージュ」

強いということ。

『消えた!?　お前ら背中を合わせ——ガハッ！』

直後、目の前に現れた俺の握られた拳によって、肺の空気をすべて吐き出しリーダーらしき男は倒れる。

『アグリッドさん！　く、くそ！　幻惑を——!?』

「守ってくれる剣士がいなけりゃ、ウィッチが魔法を使えるわけないだろう」

もう一人の顎を砕く勢いで右ストレート、幻惑という魔法を使おうとしているようだ。

ステータスをみるにチャラ男達を操っていたのはこいつかもしれない。

彼らは俺達の意識を割くための駒にされたのだろう。

そのまま俺に殴られた魔法使いは脳がシェイクされてぐしゃっという音と共に一撃で地

面に突っ伏した。

『し、しねぇぇ!!』

「神の眼で看破するまでもない。無音ってこれだけ明るいとあんまり意味なさそうだな……」

『な、なんで！　お前一体何者……』

背後から剣を俺の背中に向けて突き刺そうとしたアサシン。

しかし、その手を俺にほとんど見られずに捕まり、逃れられない。

「ふん！」

俺はそのまま死なない程度の力で地面にその男を叩《たた》き伏せる。

『ガハッ！』

混凝土《コンクリート》の地面にひびが入るほどにたたきつけられたアサシンはそのまま気絶した。

戦闘時間ほんの5秒ほど、この世界の上位に当たるB級3名、それを俺は一瞬で無力化した。

◇

「彩《あや》、景虎《かげとら》さんに連絡を。滅神教《めつじんきょう》が現れたと」

「……すごい」

彩は見惚《みと》れていた。

別に戦闘マニアというわけではないが、その一瞬の攻防はとても美しかった。

ただかっこいいと思った。

自分の感情にまだ名前を付けることはできないが、それでもあの日から灰のことを目で追ってしまう自分には気づいている。

だが恋愛なんて、と18年間の苦悩が変に彼女の性格をねじ曲げており、素直にこの感情が何かは理解できていない。

そもそも容姿がいいというだけで近づいてくる男達《たち》には辟易《へきえき》していた。

「彩？　大丈夫？　ケガしてないか？」

「へぇ!?　あ、だ、大丈夫です。すぐに連絡します」

◇

すぐに彩が電話し、現れた黒ずくめの者達。

その先頭をショートの黒い髪の女性が、スーツをビシッと決めて歩いてくる。

見たらわかる、とても強く、そして彼らのリーダーなのだろう。

その人を射殺すようなきつい眼は、目線を合わせるだけで逸《そ》らしてしまうほど。

だが圧倒的に美人だった。

「ダンジョン協会覚醒犯罪対策課……」

それはこの国のダンジョン協会から派遣されてきた上位の覚醒者に対する警察のような

人たちだ。

B級以上の覚醒した犯罪者に対抗するために作られた組織。

この国の警察では、C級以下の対応しかできない。

だからダンジョン協会覚醒犯罪対策課がB級以上の対応と分けられている。

その先頭で部下達にはきはきと指示を出すその女性がこちらに歩いてくる。

「彩さんお怪我《けが》はありませんか？……すぐにその死体の処理を。けが人は……他にはいないようですね」

「大丈夫です。椿《つばき》さん。それより……」

彩が目配せするのは俺と倒れている3人の滅神教《めつじんきょう》の男。

「……初めまして、ダンジョン協会　覚醒犯罪対策課、椿小百合《さゆり》です。……あなたがこの3名を？」

「はい、そうです」

「失礼ですが……お名前は？　滅神教《めつじんきょう》のB級と聞いていますが、そのレベルの覚醒者3名を倒せるような強者。私の記憶にある限りでは一握りです。そして私はあなたを初めて見ます。もしかして海外の方でしょうか」

「……いえ、俺は天地灰《あまち》、日本人です。そのえーっと」

俺が返答に困っていると彩が間に入ってくれる。

「椿さん、詳細は祖父にお聞きください。私達はただ襲われただけですので」

怪訝《けげん》な顔をする椿さん。

だが諦めたように小さなため息を吐《つ》き頷《うなず》いた。

「……了解しました。では身柄をお引き受けいたします。私はA級ですのでご安心を」

「そのようですね」


俺は椿さんのステータスを見ていた。

はっきり言うとA級上位、田中《たなか》さんよりもこの人強い。

そして今の俺よりも魔力量でいえば上だ。

S級に肉薄しているA級上位の存在、とてもバランスのいいステータスをしていた。

名前：椿小百合
状態：良好
職業：パラディン【上級】
スキル：挑発、守護結界
魔　力：74000
攻撃力：反映率▼50％＝37000
防御力：反映率▼50％＝37000
素早さ：反映率▼50％＝37000

知　力：反映率▼25％＝１３５００

装備

・なし

「……」

ステータスを見つめる俺を椿さんが見つめ返す。

少しの間、静寂が訪れるが、椿さんはふぅと声を漏らして3人の男達を護送車に運んだ。

「本来であればお話を伺いたいのでご同行願うのですが……今日は失礼いたします。またお会いしましょう、天地さん。あなたとは付き合いが長くなりそうです」

「はい」

そして俺達と犯罪対策課の人達は別れた。

その後の処理は全部彼らがやってくれるようで、本来であれば事情聴取があるのだろうが俺達はすぐに解放された。

それは彩が会長の孫だということにも関係があるのだろう。

「じゃあ、大変な日になったけど今日はこれで帰ろうか」

「はい、今日はありがとうございました。アーティファクトの製造については数をこなせばレベルが上昇しより精度が上がるようです。良い魔力石があればいつでもお持ちください」

「え？　じゃあまた作ってくれるの!?」

「はい、いつでもお待ちしてます。私自身も強くならなければいけませんのでたくさん試したいと思ってます。それに……」

彩は少し恥ずかしそうに俺の指を見つめる。

「灰《かい》さんのなら……いつでも……」

俺は少し頭をかしげながらも了解する。

そしてその日は家まで送ってから解散しようとした。

相変わらずの豪邸に彩を送りとどけ、夕方のいい時間なので飯でも食って帰ろうかと考えている時だった。

門を出て少しだけ歩いていると、黒塗りの高級車が俺の横に止まる。

少し身構える俺、そして窓が開き、中から顔を出すのは。

「灰君、よかった。ちょうどいい」

「あ、会長」

「とんぼ返りで悪いが話したいことがある、中で話そう。それと今日は泊まっていきなさい」

「あら？　灰さんどうしました？」

「いえ、そこで会長に捕まりまして……」

「がはは、捕まったとは人聞きが悪い。彩！　寿司《すし》だ、寿司！　腹が減った」

「ふふ、わかりました」

捕まったと言ったが、なんとお寿司が出てくるようだ、会長の家に来たら毎日お寿司が食べられそうだな、お腹《なか》減ったら近くでうろうろしておこう。

俺はそのまま前と同じ応接室へと案内され、注文を終えた彩と景虎さんが席に座る。

「まず今日はありがとう。また彩を滅神教《めつじんきょう》から守ってくれたと」

「今日の敵ぐらい今の彩なら倒せるとおもいますけどね。とはいえ相手がどんなことをしてくるかわかりませんでしたから俺が倒しましたが」

「B級上位3名と聞いている。あれから一週間経《た》っていないというのに灰君の成長速度には恐れ入るわ。取り調べをおこなっておるのでまた灰君にも共有しよう」

「ありがとうございます、それと、彩のアーティファクトの効果もあります。本当にすごい力です」

「そうか、成功したか」

俺は彩が作ってくれた剣を取り出した。

それを見る景虎さんは、彩を見た。

「キスしたのか？」

「ち、違います！　ち……血をもらっただけです」

「舐《な》めたのか。ふーむ……お前婆《ばあ》さんに似て結構大胆なんじゃな」

「も、もう！　おじいちゃん!!」

「はは……」

俺は少し乾いた笑いを浮かべる。

その後寿司を食べながら俺は会長の本題を聞いた。

「うむ、まずはな……今度米国と共同作戦を行うことになった」

「米国？　アメリカですか？　一体なにを」

「その前にだ。灰君、この世界に攻略されていないキューブがあることを知っているか？」

「……はい、確か四つ。どれもS級のキューブでありダンジョン崩壊を起こしていると。ロシア、中国、ヨーロッパ、そして……日本です」

これは調べればすぐに出ることだ。

このいずれも攻略されたことはない、未踏のダンジョン。

分類上はS級とされている誰も攻略したことがない4つの最上位ダンジョン。

「うむ、そのいずれもがまだ我々人類では攻略できない強さを持つ。というよりはまだキューブの外に出てきた魔物を数で倒す方が現実的ということだ。あとは入ってすぐのところで戦うぐらいか」

このいずれのキューブの周りにも多くの上級攻略者が交替制で待機している。

S級を含むその攻略者が、外に出てきた魔物を数と作戦をもって倒す。

そしてその魔力石を回収するという流れだ、キューブの中に入ってアウェイで戦うよりよっぽど勝率がいい。

まるで城壁のように戦いやすい環境を整えて、人間に圧倒的有利な状況で戦う。

それが現状のS級キューブへの対応方法だった。

「いずれもがS級、魔力10万越えの魔物達《たち》と聞いています。ボスは一体どれほどかわかりませんからね」

「そう、だが日本のS級キューブ。今では龍の島と呼ばれる東シナ海にある我が国の領土だった島ではそれすらもできていない」

「龍の島……二度の遠征でS級を3名も失ったと」

それは悲惨な事故だと当時のニュースの一面に載ったことを覚えている。

S級という神に匹敵する攻略者が3名亡くなる。

日本の国力が圧倒的に低下し諸外国に強く出られなくなった原因でもある。

今やS級の数こそが、国の軍事力といってもいいのだから。

「そして近々米国の力を借りて龍の島奪還作戦が開始される。まずは島の敵をすべて排除し、包囲網を作り定期的に狩れる状態を作り出す」

「……そうですか。すごいですね」

俺にはまだ遠い世界の話だ。

S級以上しか入れない話だろう。

「天道龍之介《てんどうりゅうのすけ》、そして銀野《ぎんの》レイナ君を知っているか？　今海外のキューブ攻略を依頼されて国外だが」

「もちろん！　アヴァロンの代表で日本最強の攻略者の天道龍之介さんを知らないわけないですよ！　それに……」

銀野レイナ。

最年少のS級攻略者で、女性の中で世界最強の魔力を持つ。

そして俺の命の恩人でもある銀色の髪の女性。

あの日、俺を鬼達から救ってくれた氷像のような美しい女性。

「そう、その2人が日本代表として作戦に参加する。だが米国はS級を20名用意しておる。こちらは2人なのにだ」

「20名!?　す、すごい数ですね」

「あぁ、力の差を見せつけるようにな。日米安保の中、平等のようにうたっておるが実際のところ利権は大体奪われるじゃろう。といっても我が国に継続的にS級キューブの魔物を間引く戦力はないから仕方ないがな」

「……そうですか」

「そこでじゃ、灰君！」

とたんに景虎《かげとら》会長が身を乗り出し俺の肩を持つ。

「はい!?」

「もし作戦までに戦えるほどの力をつけたなら……どうじゃ参加してみんか？　命の危険が伴うから強制はしない。しかし……この国を守ってくれんか？」

「お、俺がですか!?　そんな俺じゃ力不足です」

「儂《わし》も老い先長くない。心配なんじゃこの国が。だから……後継者が欲しい。この国を守るという大義を任せられる心優しい青年が。心技体。すべてが揃《そろ》った真に強きものが」

「……そ、それは……」

「おじいちゃん……興奮しすぎです。灰さん困ってますよ」

「ん、ガハハ。すまんすまん。答えは今でなくてもよい。まぁ考えておいてくれ。まだあと10年は会長やるつもりじゃし。龍の島もまだ日程は決まっておらんしの」

「会長なら20年はいけるでしょう。でも……考えておきます」

俺達はその場は笑い合って話は一旦お開きとなった。

そして今、俺はお風呂にいる。

なんでお風呂にいるって？　会長に無理やり泊まれとごり押しされたからだ。

だが、いつもせまいユニットバスの中でシャワーだけだったので足が伸ばせるこのお風呂はすごく嬉《うれ》しい。

俺は実はお風呂が好きだ。

湯船につかりながらほげーっとするのが結構好きだ。

だが、貧乏になりそんなことはできなくなった。

というか、この風呂デカすぎるだろ、10人ぐらい入れるぞ。

俺はワクワクした気分で湯船に浸《つ》かろうとする。

こういう時は彩《あや》がお礼でお背中流しますねとか入ってくるのが相場なのだが、さすがにそんなことは……。

ガラガラガラ
（きたーーー！！）

俺が期待に胸を膨らませながら振り返った時だった。

「はいるぞーーなんじゃがっかりしたような……ガハハ、彩かと思ったか？　残念、儂じゃ」

そこには、美しい女性ではなく全裸のムキムキの爺《じい》さんがいた。

「か、会長!?」

タオルなどもってこず、裸一貫男立ち。

ってか体すごいな、傷だらけだけどあれは回復しないのか？　そして……でかい、色々と。

「……なに、裸の付き合いぐらいしようじゃないか。儂は灰君のことをまだまだよく知らんのじゃから」

「そうですね、そういえば俺もあまり会長のこと知りませんし。じゃあせっかくなんでお背中お流しします！」

「おお、すまんの」

俺は会長の背中を流した。

大きい。

俺も結構ガタイがよくなったのだが、会長と比べると子供と大人だ。

色んな戦場を駆けてきた背中、俺はその傷をかっこいいと思った。

「灰君、聞いたぞ。妹さんがＡＭＳでフェーズ３だと」

「……はい」

フェーズ３に入った患者は、自身の体という暗闇に閉じ込められる。

それはとても怖いことだが、それ以上に危険だった。

なぜなら体の免疫が低下して、合併症を引き起こす危険もあるからだ。

「……Ｂ級キューブにソロで入りたいか？」

「え？」

「危険じゃ。それでも行きたいか」

「……はい。きっとそこに鍵があると思います」

「……そうか。じゃあ許可しよう。儂の権限で特別にB級キューブ攻略をギルドではなく灰《かい》君個人に依頼しよう」

「い、いいんですか!?　B級キューブの攻略はそれこそ億単位の稼ぎを出します」

B級キューブを攻略した時得られる魔力石はすべて換金すれば億は下らない。

だからこそギルドは儲《もう》かるし、その攻略する権利はいつも競売にかけられ熾烈《しれつ》な争いを生んでいる。

だが俺が行くということは、魔力石は最低限しか拾えない。

ソロ攻略の俺では旨味《うまみ》を最大限得られない。

協会にとっても数億円の損失になるだろう。

「良い。儂と田中《たなか》君ならうまく隠せるはずだ。といっても世間的にはNGなので大きく宣言はできなくてすまんが」

「……そんな、俺のわがままなのに」

「灰君。実はな……儂の息子とその妻、つまり彩の母親はな。AMSで亡くなったんじゃ。正確にはAMSとの合併症じゃが……」

「え?」

AMSは死にはしない。

だが体中の筋肉が動かなくなることで、体力が落ちてほんの些細《ささい》な病気でも死に至ってしまうほどに衰弱してしまう。

それゆえに、老衰で死ぬよりも病気で死ぬ可能性のほうが高くなる。

「だから彩は魔力について必死に勉強しとるんだろう。プライドもあるが、それよりも魔力というものを理解してAMSをなくしたいと思っておる。……儂もそうだ。目を閉じればまだ思い出せる、どんどん細くなっていく息子の手の冷たさを。拳神なんぞと呼ばれても何もできずに握ってやることしかできんかった無力さもな」

そういって景虎会長は自分の手を見つめる。

「……そうなんですか。ご両親がいらっしゃらないので何かあったのかと」

「そう、真っすぐでそれでいて優しい子じゃった。君にとても似ている、特に眼《め》が。……だからな。今の君の気持ちはわかるつもりだ。愛する家族がどんどん死へと向かっていく焦燥感。なのに何もできない無力さを。だが……君にはその眼がある。答えを見ることができるその眼が。助けることができるかもしれないその眼が」

「……はい」

「よし、次は儂が流そう」

俺はそのまま背中を向けた。

「いい背中じゃ。まだ傷は多くはないが……確かに誰かを守ってきた傷だ」

俺の背には彩を守るためにできた大きな傷がある。

景虎さんはそれを見て言っているのだろう、それに渚《なぎさ》を救出する時に浅くだがオークに傷つけられた傷もある。

優しく背中を流されながら俺は懐かしい感覚を思い出していた。

記憶すら薄れてほとんど覚えていない遥《はる》か昔の父の手を。

俺達はそのまま湯船につかった。

温かいお湯が心までほぐし、心すら洗われていく感覚になる。

「灰君。さっきの続きじゃが、ＡＭＳは今や世界でガンに並ぶほどに人を殺している病気じゃ。特に若い人をな」

世界中で数百万人が発症し、毎年病人は増加している。

そして一度かかれば死ぬまでそのまま。

症状が緩和されることはない。

その恐怖は治療できる可能性のあるガンよりも絶望的だと言えるだろう。

「だから君の力で治療法が見つかるかもしれないというのなら……儂は全力で協力する。ルールを破ってでも」

「会長……」

そういう会長はいつもの元気な顔ではなく、少しだけ悲しそうな顔をしている。

亡くなった息子さんを思い出しているのだろうか、そして俺は今、会長の気持ちが痛いほどわかる。

もしこのまま凪《なぎ》を亡くしたならばどれだけ俺は……だから。

「必ず見つけます。絶対に！」

「……ふふ、やはりこの国を任せたいのぉ……」

「それは……か、考えておきます」

「なら、彩の婿にならんか。あれは結構プライドが高いが実は優しくて器量もいい。どうじゃ!?　灰君なら！」

「はは、それは彩さんが嫌がるでしょう。とても美人だと思います、俺なんかじゃ……」

「え？　灰君鈍感系主人公じゃったか？」

「何言ってるんですか？」

「いや、なんでもないわい。彩は苦労するかもしれんな……」

その後、俺と会長はのぼせるまで世間話を語り明かした。

俺は会長に心を開いていた、なんというか器が大きい。

記憶にもないおじいちゃんがいたらこんなのだろうかと俺はすでに会長に懐いていた。

用意された服を着て外に出ると彩がいた。

「あら？　まるで灰さん、おじいちゃんの孫みたいですね。ぶかぶかですけど」

「そう？」

ぶかぶかだが、会長と全く同じアロハシャツみたいな柄のTシャツと短パン。

それを着て、風呂上がりの牛乳を飲む姿は会長とまるでシンクロしてしまった。

「ふふ、お似合いですね」

そのまま俺は布団が敷かれた応接室で夜を明かす。

翌日、朝日が昇り、俺は立ち上がる。

「さてと……じゃあいくか！」

会長に指定されたB級キューブへと俺は向かった。

後ろで見送る彩と会長に手を振って真っすぐと。

B級キューブ、いまだに入ったことはない。

その先に何があるかもわからない。

魔物は怖い、冒険は怖い。

それでも高鳴る鼓動は、恐怖だけが理由じゃないのだから不思議だった。

「……一生くることはないとおもったけど。人生何があるかわからないな……」

そして俺は緑色のエメラルドのような輝きを放つキューブへと触れた。

あの日、自分とは一生無縁だと思っていた雲の上の魔物達《たち》が跋扈《ばっこ》しているダンジョンへと足を踏み入れる。

抑えきれない胸の高鳴りと共に。

確かな目的と覚悟を持って。

～翌日。

「会長、灰君にB級ダンジョンの許可を与えたと？」

「うむ」

「まだ危険だと思いますが……」

「儂《わし》もそう思う」

景虎《かげとら》と田中一誠《いっせい》は電話していた。

「ならなぜ！」

「だって可哀《かわい》そうじゃったんじゃもん」

電話越しに指をツンツンとする景虎。

だが田中は真剣に会長を怒鳴りつける。

「じゃもんじゃないでしょ！　命が懸かっているというのに……彼はまだ子供ですよ？　我々大人がちゃんと導いてあげないと！」

「……それは違うのぉ、田中君」

「違う？　なにが……」

「彼は子供なんかではない。確かに儂の孫と同い年じゃ。儂らとは一回りも二回りも違う。つい最近まで子供じゃったのも認めよう。だが今は違う。田中君、大人になるために必要なことは何だと思う？」

「……経験です。辛《つら》ければ辛いほど」

「……ならもうわかるじゃろう。彼はいくつも死の淵《ふち》からその深い闇をのぞき込んだ。それこそ神の試練で心が壊れるような経験もしておる。生半可な精神力ではない」

田中から黄金のキューブの内容は景虎に伝えられている。

「……そうですね。確かに彼はもう子供ではない。彼が選択したというのなら……背中を押してあげるべきですね。……これが親の気持ちですか。いつまでも面倒を見なければばと思っていたのに気づけばあっという間に成長して」

「信じてあげよう、田中君。若い力はいつだって世界を変える可能性をもっておる、それに彼は強者の絶対条件も満たしておる。きっとうまく事が運ぶ」

「強者の絶対条件？」

「そう、強者の絶対条件。あの子はな……何より運がいい。神に愛されとる。ギリギリの死の淵で何度も生還する。それは強者が持つ一番必要で、得難いものじゃ。儂の勘が言っておる。彼は負けないと」

「……ふふ、会長にはかないませんね。わかりました、今は彼の無事を祈っておきましょう。私も子離れですね」

「ガハハ！　儂も孫離れせんとな」

◇灰視点
「ぬらぁぁぁ!!」

俺は俺の3倍はあろう鬼を叩《たた》き切った。

ここはB級ダンジョン、エメラルドのように輝くB級キューブの中だ。

ダンジョンの中は洞窟のように暗いが青い魔力石が光源となってダンジョンを照らす。

この魔力石は、魔物の中にあるものよりも低級で質が悪い。

だが魔物の死体や、魔法の残滓《ざんし》などが蓄積し作成されたのではないかと言われている。

彩《あや》あたりに聞いてみるか、確かそういった論文を出してるといってたし。

「ふぅ……さすがに強いな。片手間で倒せるほどじゃない」

俺はその鬼のような緑の化物を見つめる。

名前：グリーンオーガ
魔力：４５００
スキル：身体強化
攻撃力：反映率▼50％＝２２５０
防御力：反映率▼50％＝２２５０
素早さ：反映率▼25％＝１１２５
知　力：反映率▼10％＝４５０

B級の魔物からはスキルを持つものも多いようだ。

『身体強化』のスキルの詳細を見つめると知力を攻撃力に変換するというスキルだった。

頭まで筋肉だな、この鬼。

しかしそれでもやはりB級。

1万に近い魔力を持つ魔物が現れるダンジョンだ、油断はできない。

「ふぅ……ちょっと休憩するか」

俺はミラージュを発動しながら、食事をとる。

今はすでにお昼を過ぎている。

「このキューブの条件は、4つあるんだよな。4つ目は何かわからなかったけど……」

俺はスマホにメモ書きしていたこのキューブのステータスを見た。

残存魔力：7400／10000（＋1000／24h）
攻略難易度：B級

◆報酬
初回攻略報酬（済）：魔力＋5000
・条件1　一度もクリアされていない状態でボスを討伐する。
完全攻略報酬（未）：現在のアクセス権限Lvでは参照できません。
・条件1　ソロで攻略する。
・条件2　オーガ種を100体撃破する。
・条件3　キューブに入ってから24h以内にボスを撃破する。
・条件4　条件1～3を達成後に開示。

「この4つ目の条件が怪しすぎる……」

いままで条件は3つしかなかった。

なのに突然現れた条件4は条件1~3をクリアすれば開示されるらしい。

ただし、何が起こるかはわからない。

なので、今はダンジョンを回ってオーガ種をたくさん倒している。

グリーンオーガをはじめ、魔法を放ってくるオーガまで現れるこの鬼のダンジョン。

幸いなことに、群れで行動しないのだけはありがたいところだった。

こいつらが群れで行動していたら相当苦戦したことだろう。

「それにしても……彩が作ってくれたこれ、最高だな」

俺は緑色に優しく光る魔力石から錬成されたアーティファクトを握りしめる。

前のハイウルフの牙剣と全く同じ形で使い心地は一緒。

なのに、その能力は逸脱している。

今までC級キューブを一週間毎日2つ完全攻略し、合計15個攻略した俺の能力は彩の力と相まって。

名前：天地灰《あまちかい》
状態：良好

職業：初級騎士（光）【下級】
スキル：神の眼《め》、アクセス権限Lv1、ミラージュ
魔　力：21185
攻撃力：反映率▼50（＋20）％＝14829
防御力：反映率▼25（＋20）％＝9533
素早さ：反映率▼25（＋20）％＝9533
知　力：反映率▼50（＋20）％＝14829

装備
・鬼王の宝剣＝全反映率＋20％

「うーん、強い」

俺は自分のステータスを見て自画自賛する。

もはや田中《たなか》さんにも勝ててしまうのではないかと、少し調子に乗りそうになるがS級には程遠い。

上には上がいるので、調子に乗ってはいけない。

それでも数値を見て、あの頃の自分を思い出すとにやけが止まらない。

「お？　きたな……あと30体か。入って2時間ってところだが条件の24時間は間に合いそ

うだな」

休んでいた俺は、ドシンドシンという地面を揺らす音に気づく。

残りのおにぎりを一気に頬張って、水で流し込み剣を握りしめる。

「ミラージュ……」

俺の姿が消えさって、ゆっくりと歩を進める。

目の前まで来ても鬼は俺の姿に気づかない。

俺は足元からその巨大な牙と顔を見上げる。

「怖い顔だな……これが一月前ならおしっこ漏らして泣きわめいていただろうに、人って変わるもんだ……」

俺は勢いよく地面を蹴った。

5メートルはあろう、その鬼の正面、喉元へと俺は飛ぶ。

目の前に現れたことで、音や嗅覚など視覚以外の情報でオーガは何かがいることに気づいたようだ。

「ガァァ!?」

突然俺が現れたように感じたであろうオーガは手に持つ巨大なこん棒を振り上げる。

しかし、すでに間に合わない。

一閃《いっせん》。

首から鮮血が舞い、オーガは後ろに倒れていく。

俺はその体に乗りながら地面に降りた。

ドスンという音とともにオーガは息絶える。

町一つ滅ぼしかねない魔物をものともせず俺は攻略していく。

それから数時間、俺は30体のオーガを殺しつくした。

『条件2を達成しました』

「ふぅ……結構かかったな……」

俺は事前に見つけていたボス部屋へと向かう。

一息ついて、その扉を開いた。

円形のまるで野球場ぐらいの広さの部屋に俺は入る。

「B級ダンジョンのボス……このダンジョンは鬼系ばっかりだしそうだろうと思ってたけど……」

目の前にいるのはオーガの上位種、オーガジェネラル。

通常のオーガと違い高い知能を有し、武器を所持するオーガの頭領。

そのステータスもまさしくB級ダンジョンのボスとしてふさわしいものだった。

名前：オーガジェネラル
魔力：1000
攻撃力：反映率▼50%＝500

防御力：反映率▼50％＝５０００
素早さ：反映率▼25％＝２５００
知　力：反映率▼50％＝５０００

スキル：身体強化

装備
・鬼の鎧《よろい》＝防御力＋１０００
・鬼の剣＝攻撃力＋１０００

「通常のオーガに比べたら随分強いな……さすがB級のボス。でも……」

俺を見て立ち上がったオーガジェネラル。

しかし俺を見つけることなどできない。

ミラージュ。

格下相手には無類の強さを誇るこのスキルでもってして俺はオーガジェネラルの背後に立つ。

知力10000近くの差は、その鬼の将軍に俺を認識することすら許さない。

俺の剣がその首に触れるまで気づかず、触れた時にはもう遅い。

俺は無言でその硬く太い首を背後から切り裂いた。

鎧も剣も、抗《あらが》うことは叶《かな》わずに血しぶきを上げて、悲鳴もあげずにオーガジェネラルは絶命した。

その巨体を地面に突っ伏させ、ガシャンという音だけが静かなダンジョンに響き渡る。

「ふぅ……よかった。あとは……。B級ダンジョンも俺ならまだ余裕はありそうだな。これならすぐに他も回れそうだ。あとは……」

一瞬気を抜こうとした俺は、剣を握りなおしもう一度気持ちを切り替える。

条件1～3を達成した後の条件4、ならば今から現れるのは自分の命を脅かすなにか。

「鬼が出るか蛇が出るか……」

俺は油断はしなかった。

それでも楽観していたのだろう。

この眼に映る数値という力の上下がはっきりわかる力に、ここは所詮はB級ダンジョンだということに。

俺はまだ舐《な》めていた、片手間で攻略できたB級ダンジョンというものを。

それでもあまたの攻略者の命を吸ってきたダンジョンという場所を。

そして知ることになる。

完全攻略という言葉が世に出ていない本当の意味を。

『条件1、2、3の達成を確認。条件4を解放します』

その無機質な音声と共に、ボス部屋の頭上が黒く塗りつぶされる。

まるで宇宙のように、どこまでも広がっていきそうな漆黒。

そこから何かが降ってきた。

まるでワープのように、何かが転送されてきた。

『条件4　エクストラボスを討伐せよ』

ドスン!!

砂煙を上げてそれは落ちてきた。

明確な殺意の波動をまき散らし、その眼に映るすべての生命に怒りをもって。

鬼の王は俺の前に立ちはだかる。

◇

「……強敵がくるとは思ったよ……思ったけど……まさか……王種とは思わなかった」

降りてきたのは、鬼だった。

しかしオーガとは違う、あんなみすぼらしい見た目をしていない。

それは王だった。

砂煙を舞い上げて、その存在は空もないはずのダンジョンの上から現れた。

成人男性の3倍はあろう巨大な体軀《たいく》に、岩のような硬い肌。

その皮膚は、剣なんか通るはずはないと思えるほどに硬そうで、歴戦の猛者《もさ》を思わせる。

特徴的な、まるで象のような2つの牙はオーガのそれだ。

だからオーガ種ではあるのだろう。

まるで王が纏《まと》う豪華な赤いマントをなびかせながら落下の衝撃で膝を曲げ、何事もなかったかのように顔を上げるそのオーガは。

「ギャァァァァァ！！！！」

確実な死の気配を放っていた。

「!?」

灰の全身の毛が逆立った、本能が逃げろと警鐘を鳴らす。

しかし逃げる場所などない。

ここはボスの部屋、逃げ場などどこにもないのだから。

灰はステータスを確認しようと、集中する。

見たくはない、見たら後悔しそうなステータスをしている気がした。

それでも眼をそらしてはいけないからと、黄金色に輝くその眼をもって。

その鬼の王を見た。

名前：鬼王
魔力：３０００
スキル：身体強化

攻撃力：反映率▼50％＝１５０００
防御力：反映率▼50％＝１５０００
素早さ：反映率▼50％＝１５０００
知　力：反映率▼50％＝１５０００

装備
・鬼王鎧＝防御力＋２０００
・鬼王斧《おの》＝攻撃力＋２０００

「まじか……」

そのステータスは、B級を余裕で突破し、A級に足を踏み入れている灰《かい》すら上回る。

攻撃力、知力に関しては肉薄している。

しかし他のすべてのステータスにおいて上回られている。

間違いなく格上、A級の中位に触れそうな相手だった。

「ギャァァァ!!」

雄たけびを上げる鬼王。

まだ心の準備も、戦う覚悟もできずに唖然《あぜん》とする灰に走り出す。

「くっ！　ミラージュ！」

それでも今までの経験からか、灰は即座に対応してみせた。

ミラージュ、認識を阻害する格下相手には最強に近いスキル。

ただし。

「くそっ！　そりゃ、見えてるよな！」

格上相手には効果は薄い。

鬼王は灰を一度見失ったが徐々に看破し、斧を振るう。

ミラージュの効果は知力が上回られていると効果がほぼなくなる。

さらに発動し続けるとより効果が薄くなる。

だから灰は一旦スキルを解除した。

ただでさえ効果が薄いミラージュを発動し続けるより、ここぞという時に使うほうがいいと思ったからだ。

「はぁぁ!!」

斧を振るって、隙を見せた鬼王の足へと切りかかる。

浅く切れた足は血を噴きだすが、痛みを感じさせる程度のかすり傷。

「くそっ！　硬い！」

腰も入っておらず、腕の力だけで振り切った剣の一撃はほとんど効果を見せなかった。

切れ味は間違いなく最高に鋭い彩《あや》のアーティファクト、ただし灰がその力を使いこなせていない。

それから鬼王と灰の命を懸けた攻防が始まる。

ただし、切り結ぶたびに灰がベットする掛け金は圧倒的に不利すぎた。

精一杯集中し、避けきり反撃しても効果は薄い。

対してあちらの攻撃は一撃もらえば致命傷、なぜなら鬼王の攻撃力と灰の防御力には5000以上の隔たりがあるからだ。

数値の差がどれだけ影響を与えるか、明確にはわからないが5000という差が無事で済むわけがない。

「はぁはぁはぁ……」

それでも灰と鬼王は切り結ぶ。

鬼王は不思議だった。

自分の方が強いはず、なのに攻撃が決まらない。

それどころか浅くではあるが反撃される。

納得できない。

なんだこの目は。

この黄金色に輝く目の奥にある炎はなんだ。

「はぁはぁ……これじゃ、力の試練の再現だな」

灰が思い出すは、初めて自分が本当の意味で覚悟を決めた日。

対するはホブゴブリン、いまならば指一本で殺せる相手。

しかしあの時の灰にとっては紛れもなく強敵だった。
何度も何度も切り結び、命を懸けて乗り越えた壁。
「でもあの時よりも……」
振り下ろされるは、命を刈り取る巨大な斧。
逸《そ》らさないのは、真っすぐ見つめる覚悟の目。
「壁が高すぎるだろ!!」
悪態をつきながら横に躱《かわ》す灰。
あの時と違うのは、すでに命を懸けて戦う覚悟ができていること。
そして戦う力も経験も意味も今はすべてを持っている。
なぜ戦うのかも今ならはっきり答えられる。
なのに届かないかもしれない巨大な壁が立ちはだかる。
それでも二度と目を逸らさないし、諦めない。
そんな灰だからこそ、この眼《め》が与えられたはずだから。
「ぐっ!!」
それでも力というのは、心だけで覆るほど単純なものではなかった。
疲労は灰の足を重くし、剣を握る力を弱める。
躱し損ねた巨大な斧を上に掲げた剣を両手で支えて受けきった。
衝撃が骨まで軋《きし》ませ、地面に灰の足をめり込ませる。

このままつぶれてしまいたい欲求を撥《は》ねのけて。

「あぁぁぁ!!」

大声と共に、斧をはじき返す。

「ギィィ……」

鬼王が灰を睨《にら》んだ。

灰も鬼王を睨んだ。

ふと2人の間に時間が生まれる。

その時だった、灰の口から本音が漏れる。

「なぁ……言葉を理解できるとは思えないけど……お前達《たち》はなんなんだ」

それはずっと気になっていたこと。

「なんで人と戦う?……いや、それはお前らが言いたいセリフか。家にいきなり入ってきて攻撃してくるんだもんな……」

「ギィィ……」

「もしお前らに心があるなら、間違いなく俺達は悪だろうな」

それは灰が疑問に思っていたことでもあった。

キューブとはなんなのか、魔物とはなんなのか。

人が魔物を倒す理由は明白だ。

魔力石が欲しい、そして自分達の命に危険を及ぼす存在を滅ぼしたい。

ただそれだけだ。

じゃあ彼らはなんなのだろうか。

目が合えば殺しに来る。

まるでそれが定められた運命のように。

疑問は尽きない。

それでも灰には戦う理由がある。

「それでも俺には理由があるんだ。勝たなければいけない理由はある。……倒さなきゃいけない理由が。攻略しなければならない理由が……救いたい人が」

直後、灰の眼が、鬼王にもわかるほどに黄金色に輝いた。

眼を見開き、真っすぐ見る。

それだけで、世界は変わって見えると彩に言ったことを体現するかのように。

世界は黄金色に輝いて、神の眼は本当の力を発揮する。

「だから!!」

直後、灰は走り出す。

鬼王へと切りかかるため、全力で走る。

「右から振り下ろし……」

灰が見つめるは、鬼王の右手。

集中し、目を凝らすように見た灰は、鬼王が体に纏う魔力が見えた。

そしてその流れすらも。
鬼の王の何かが右手に収束していく。
直感だった。
だが確信でもあった。
その右手から攻撃が来ると、振り上げる前から灰にはわかった。
それをしゃがんで躱し、カウンターを脇腹に決め、初めて深い傷を与える。
事前に攻撃がわかっていたからこそ合わせせられた完璧なタイミング。
驚き叫ぶ鬼王、しかし驚いたのは灰も同様だった。
「……何だ？　いまの」
灰は無意識下で行った今の行動に疑問を抱き、一度距離を取る。
鬼王は深手を負ったのか、斧を地面に杖《つえ》代わりにし息を切らせる。
「……魔力が流動したように見えた？　俺はなんで今攻撃がくるのがわかった？」
灰は自分の手を見つめる。
そこには先ほど鬼王の纏《まと》っていた魔力が同様に見える。
まるで炎のように、水のように揺れ動き流動するそれ。
今までなんとなく魔力の輪郭は見えていた。
だがここまではっきりと見えることはなかった。
でも今はその魔力の動きが見える。

流れがまるで川のように、炎のように。

「もしかして……これ、魔力の流れなのか？」

灰は見つめる右手に力を込める、直後その揺れ動く魔力のようなものが右手に集まっていく。

力を込めるとは、今や魔力を込めると同義だ。

魔力は感覚で操れる、なぜ右腕が動くのか説明できないように感覚的に体をめぐる。

そして、その流れが灰には確かに見えた。

「……魔力はなんとなく見えていたけど……ここまではっきりと流れまで見えるんだな。水？　いや、炎みたいだ」

その流れが見えるということは。

「ガァァァ！！！」

未来が見えることと同義でもあった。

怒り狂う鬼王の一撃を、余裕すら感じるように躱す。

フェイントを含めようが、魔力の流れは嘘《うそ》がつけない。

力を入れているか、入れていないか全てが手に取るようにわかる。

そしてもう一つ。

魔力は攻撃力であり、防御力。

纏えば矛、纏えば盾、そしてその魔力は体中を流動する。

そして流れがあれば、『淀《よど》み』は生まれる。

つまりはそこが。

「……はぁ!!」

「ギャァア!?」

急所となる。

灰はその直感を頼りに比較的魔力が薄そうな部位へと攻撃を加える。

その試みは成功し、明らかに今までの部位よりも柔らかく深手を負わせることに成功した。

「……そうか、この眼の力。まだ使いこなせていなかったんだな。すごい力だ」

黄金色に輝く眼、その眼が鬼王を真っすぐ射貫《いぬ》く。

怪しく輝く緑の剣を、真っすぐ鬼王に突き付ける。

肩で息をする鬼王は、一歩後ずさった。

なぜなら先ほどまで小さかった存在が、弱かったはずの存在が。

「悪いがここからは多分……」

明らかに大きく見えたから。

「一方的だぞ」

なぜだ、なぜ攻撃が当たらない。

鬼王は焦っていた、先ほどまでと明らかに纏う何かが違う。

それは自信なのか、灰《かい》の姿勢なのかはわからない。

「ギャァ!!」

鬼王は、ただ叫びを上げて斧《おの》を振り回す。

この小さな存在は特別速くなったわけではないはず、なのにただの一度もかすりもしない。

「ギャァ!?」

夢中で振り回す鬼王は、いつの間にか灰が消えていたことに気づく。

どこだ、とあたりを見回すが見つけることはできなかった。

落ち着いていたら見えていただろう、しかし疲労と焦り。

そして、ミラージュ。

「!?」

気づいたのは、自分が振り切った斧の感覚。

明らかにいつもよりも重かった。

鬼王は、まさかと後ろを振り返る。

そこには、騎士がいた。

ミラージュを使用し、光を乱反射させる一人の騎士が。

斧の上で剣を構え、真っすぐとこちらを見つめている。

その姿は、まるで牛若丸と弁慶のように。

「はぁぁ！！！」

今できる灰の全力の一撃。

その一撃を鬼王の首へと突き刺した。

硬かった皮膚の、それでも一番柔らかく魔力が薄い場所へと一閃《いっせん》。

鮮血が舞い、鬼王の目から光が消える。

巨大な鬼がその場でゆっくりと後ろへ倒れていった。

ただの一度の反撃も許されず、放った拳はすべてが空を切った。

まるで未来が見えているように、どんな攻撃をしても、どんな複雑な嘘を攻撃に織り交ぜても。

すべてを見通す少年の一撃によって。

「勝っ……た……」

迷宮内に響き渡る巨大な地響きが勝者を告げた。

灰は勝利した。

小さくガッツポーズしたのは生き残った安堵《あんど》とこれほどの強敵をも打倒できたという嬉《うれ》しさ。

数値の上では敗北している、しかし覚醒したこの眼によってすべてを看破し上回る。

そしてこの瞬間――

◇

『条件1、2、3、4の達成を確認、完全攻略報酬を付与します』
俺はダンジョンの悪意に勝利した。
少し気が抜けて、疲労から、その場に座り込んだ。
ケガこそ大したことはないが、本当に危なかった。
打撲と、もしかしたら骨にひびぐらいは入っているだろうが、その程度だ。
しかし、間違いなく今までで一番強い敵だった。
それこそ滅神教《めつじんきょう》のフー・ウェンと戦った時と同じほどの力の差があった。
「本当にぎりぎりだったな。相変わらず運がいいのか、悪いのか……」
誰も、この眼《め》を持つ俺すらも、知らなかったエクストラボスという存在。
もしかしたらB級ダンジョン以上には現れるのかもしれない。
他のキューブも見てみれば多分条件4のように内容が見えないものがあるのだろう。
アクセス権限がLv2になれば見えるのだろうか。
「はやく、このアクセス権限のレベルをあげなきゃ……お？　帰れるのか。そうだ！」
俺は急いでその倒れた鬼王の胸に剣を突き刺す。
今なら魔力が見えるので、魔力石の場所もすぐにわかった。

「これぐらいは戦利品として持ち帰らないとな……」

魔力石を取り出すのを待っていたかのように、俺の体を光の粒子が包む。

帰還の合図とともに俺の視界は暗転し、エメラルド色のキューブの中にいた。

「こんだけ苦労したんだ、攻略報酬は……っと」

俺はB級キューブのステータスを見る。

攻略した後ならば完全攻略報酬も見ることができたからだ。

残存魔力：0／10000（＋100／24h）
攻略難易度：B級

◆報酬
初回攻略報酬（済）：魔力＋5000
・条件1　一度もクリアされていない状態でボスを討伐する。
完全攻略報酬（済）：魔力＋10000、クラスアップチケット（上級）、スキルレベルアップチケット（B級キューブ初回完全攻略報酬）
・条件1　ソロで攻略する。
・条件2　オーガ種を100体撃破する。

・条件3　キューブに入ってから24h以内にボスを撃破する。
・条件4　エクストラボスを討伐する。

俺は周りを見回した。

そこには銀色のチケットと、そして虹色のチケットが1枚ずつ落ちていた。

「魔力1万プラス！　予想通り、そしてクラスアップチケットと……スキルレベルアップチケット……スキルレベルアップチケット!?」

震える手で拾い上げた俺は、そのスキルレベルアップチケットを神の眼で見つめる。

虹色に光り輝くそのチケットは、俺の願いの結晶なのか。

その通りであることに、祈りを込めて。

属性：アイテム
名称：スキルレベルアップチケット
入手難易度：S
効果：レベルアップ可能なスキルを持つ場合、レベルを一つ上げることができる。
説明
B級の試練の箱を世界で初めて完全攻略したものに与えられるチケット。
このチケットを破ることで発動可能。

「これ……もしかして……これ!!」

直後、俺の脳に、いつもの声が響いた。

『個体名：天地灰《あまち》、スキル名：アクセス権限Ｌｖ１のレベルをアップさせますか？　その場合はスキルレベルアップチケットを破ってください』

俺は躊躇《ためら》いなく、そのチケットを破り捨てる。

突如虹色のチケットが七色に輝く光となっておれの体に吸収される。

俺は自分のステータスを見つめた。

名前：天地灰
状態：良好
職業：初級騎士（光）【下級】
スキル：神の眼、アクセス権限Ｌｖ２、ミラージュ
攻撃力：反映率▼50（＋20）％＝１４８２９
魔　力：２１１８５
防御力：反映率▼25（＋20）％＝９５３３
素早さ：反映率▼25（＋20）％＝９５３３
知　力：反映率▼50（＋20）％＝１４８２９

装備
・鬼王の宝剣＝全反映率＋20％

「やった！　やったぞ！　これで見えるかもしれない！」

エメラルドのキューブの中、ゆっくり開閉され休眠モードに移行するキューブ。

あたりでは何人かの通行人がこちらを見てくるが、ミラージュの前では俺は見えない。

だが今はそんなことはどうでもいい。

俺は、風よりも速く病院へ向かった。

不安はある、もしかしたらまだ見えないのかもしれない。

それでも俺は居ても立ってても居られずに、病院へと走った。

車でもなく、電車でもなく。

俺は走る、急ぐのだから走るのだと。

心がもっと早くと急《せ》かすから俺は魔力を存分に使い、交通ルールを無視してでも走る。

「……はぁはぁ」

30分ほど走った俺は病院についていた。

東京の一等地にあり、日本屈指の大病院、国立攻略者専用病院。

「面会をお願いします。天地凪《なぎ》です」

俺は攻略者資格証を出し身分を明かす。
そして、階段を駆け上がる。
扉を開ければ最愛の妹がいる。
俺は待ちきれないと凪のステータスを見た。
そして。
「そうか……そうなのか………凪……」
俺は涙でよく見えない映し出されたその文字を読む。

俺は凪が眠るベッドの前に立つ。
手を握りステータスを再度見つめた。
そこにはＡＭＳの詳細が映し出されていた。

属性：病
名称：ＡＭＳ（筋萎縮性魔力硬化症）
入手難易度：——
効果：魔力減少により筋肉を動かすことができない。
説明：魔力と肉体の結合がうまくいかず、体内の魔力が減少する病
治療法：
Ｅ級に値する魔力石を魔力飽和により粉末化し、対象の血液と同質量で混ぜ合わせる。
その混合液を対象の総血液量の１％に当たる量、輸血する。
症状の改善が見られたのち徐々に混ぜ合わせる魔力石の等級を上げていき、対象と同ランクの魔力石を供給することで症状は改善する。

そこには確かに治療法が書かれていた。

アクセス権限Lv2で見ることができる詳細を。

俺は涙が止まらなかった、その冷たい手を握りながらその場で膝をつく。

「凪……治るぞ、すぐにそこから出してあげるからな。ちょっと俺には難しいけど……きっと頭のいい人に伝えれば治療法がわかるから……」

俺は涙を流しながらその冷たい手を握りしめる。

まだ夏なのに、信じられないほど冷たいその手には、確かに治療法が存在していた。

「ちょっと待っててな、凪」

俺は景虎《かげとら》会長と、そして彩《あや》を呼んだ。

凪の介護をしていた山口《やまぐち》さんには今日は休んでもらった。

運よく2人の都合がついたので、俺は病室でゆっくり待つ。

彩ならきっとこの症状についても俺よりよくわかるはずだと思ったから。

俺はそのまま病室で待った。

しばらくなかった家族だけの時間を楽しんだ。

返事はない、それでも俺はずっと凪に話しかけていた。

「眠ってても髪は伸びるんだな……凪。こんなに痩せて……起きたらたくさん美味《おい》しいもの食べような」

短かった髪はいつの間にか伸びてセミロングほどに、肌は少し荒れている。

それでも相変わらずの美人な顔は母親譲りなのか、健やかな眠りについていた。

ただ眠っているだけなんだ。

「まったく……お兄ちゃんを起こすのは元気で可愛《かわい》い妹の役目って決まってるんだからな……」

その顔にかかった髪を優しくなでる。

◇

「……景虎会長！」

景虎会長と彩が病院に到着する。

総理大臣並みの有名人の到着に少しロビーがざわつく。

本来なら護衛の一人も必要なのだろうが、この日本に会長を護衛できる人などS級の2人しかいない。

その大物の登場に、院長の伊集院《いじゅういん》先生が出迎えた。

「久しいのぉ、伊集院君。今日はちょっと友人の家族の面会なんじゃ」

「お久しぶりです、景虎会長。灰《かい》君から聞いております。まさか会長まで灰君と面識があったとは……田中《たなか》さんといい、彼の交友関係には驚かされます」

「がはは、そうじゃの。ちょっと……特別な子じゃからな」

すると彩が一歩前に出る。

「最上階の904号室と聞いておりますが、このまま向かってよろしいですか？」

「はい、どうぞ！　灰君から聞いておりますので、エレベーターはあちら――」

「いえ、階段で参ります。では急ぎますんで」

そういって彩は急かすように前を歩く。

階段をまるで駆け足で上がっていく。

「ガハハ、すまんのぉ。家からこれでな。では失礼する、またの伊集院君。……こら、彩。儂《わし》一応年寄りじゃから、灰君に早く会いたいのはわかるが……」

「ち、ちがいます！」

「ガハハ！　ジョークジョーク」

笑いながら階段を上っていく2人。

その2人の背を見つめる伊集院はつぶやいた。

「灰君……君はいったい何者なんだい？」

◇

コンコンコン
「彩です。灰さんいらっしゃいますか？　祖父も一緒です」
「あ！　どうぞ！」

俺は立ち上がって、出迎える。

彩と景虎会長が部屋に入ってきた。

「すみません、呼びつけるようなことをしてしまって」

「なに、AMSのことがわかったと言われれば飛んでくるわ。国の……いや、世界の一大事じゃからな」

すると彩が俺の隣まで来て、妹を見つめ、頭を下げる。

「初めまして。天地凪さん。お兄さんに命を助けてもらってから仲良くさせていただいてます。龍園寺《りゆうえんじ》彩です」

返事がない年下の妹に対しても礼儀を欠かさない彩。

俺はそれを見て少し笑いだす。

「彩……ふふ、ありがとう。そういうところ結構好きだよ」

「ご家族にご、ご挨拶をするのは当然です！……そ、それに……」

ぼそっとした声でごにょごにょと彩が恥ずかしそうにつぶやく。

「……いつか妹になるかもしれないですし……」

「ん？　後半よく聞き取れなかったけど……」

「い、一旦今はおいておきましょう！　それで灰さん、急《せ》かす用ですがご説明願えますか？」

「わかった。これ、紙に書きだしておいたんだ。読んでくれる？」

俺はこの眼《め》で見たAMSの治療法についてを紙に記載しておいた。

俺の言葉足らずで説明するよりは、内容そのままを彩に解読してもらった方がいいと思ったからだ。

「失礼します」

彩はその紙を広げ、後ろから会長がのぞき込む。

「……そんな……そんなことで……でも確かに誰も試したことなどないです……そんな、これだけなんて……」

彩は突如目に涙を浮かべ、涙がこぼれる。

紙を持ったまま膝をつき、ボロボロと大粒の涙をこぼした。

「ごめんなさい、パパ、ママ……私がもっと……これなら……私がもっとしっかりしてたら……見つけられていた……」

その彩を会長は優しくなでる。

「……彩。気に病むことはない。お前だけではない、世界中の天才達《たち》が見つけられなかったんだ。お前ひとりのせいではない。それに今は喜ぼう、数百万の命が助かるかもしれんのだから」

すすり泣く彩は、すぐに涙を拭いて立ち上がる。

「……ごめんなさい。灰さん。正しいかは置いておいて、確かにこの方法なら魔力を供給できる可能性を感じます」

彩は赤く染めた目で、それでもしっかりと俺を見る。

彼女の両親はＡＭＳで亡くなっていると聞いている。

だから彩にとってはやりきれない思いもあるのだろう。

「最優先で、妹さんに試しますか？　人体実験のような形になってしまいますし、これは難しい問題です。この国の法では……ですが国外にこの方法を提供すればすぐにでも。いや、これは新薬ではないので新しい術式として発表することも……どうすれば一番灰さんにとっても得か」

彩が考え込むようにぶつぶつとつぶやく。

「……俺にはよくわからないので彩に頼んでもいいかな？　利権とかあるのか知らないけど正直どうでもいい。凪さえ助かれば」

「そ、それはだめです。灰さん！　画期的な治療法ですよ！　それこそいくらお金が動くか、世界を苦しめる最悪の病気の治療法なんですよ！」

「いや、いいよ。そんなの。それより早く公開して世界中の人が治療を受けられるようにしてほしい。別にお金は今、それほど困ってないし、俺と同じようにこの治療法を今か今かと待っている人がいるんだ。ずっと暗闇の中で助けてほしいと震えている人たちが」

「……で、でも」

悩む彩に景虎会長が頭をすっぽり手で覆う。

「彩、灰君は何より人を救いたいんだ。彼のことはお前ならわかるじゃろ？　この言葉が謙遜でもなんでもなく本心からということも」

「……はい、わかってます」

その時俺に稲妻走る。

悪魔的発想、というかこれしかない。

「あ、そうだ！　彩が発見したって発表してよ！　そういう研究してるって聞いてるし、俺はあんまり目立つのも嫌だしね、ほら、この眼のこと説明できないから。凪《なぎ》の治療がうまくいったら！」

「そ、そんな……灰さんの功績なのに……横取りするようなこと」

「彩、頼むよ。彩にしか頼めない……だから、お願い」

俺は彩の手を握ってその目を見つめる。

「うぅぅ」

彩は悩むように唸《うな》るが、俺は押す。

そして俺は知っている、彩は意外と押しに弱いと。

「彩……お願い」

だから俺は真っすぐその目を見つめた。

多分集中しすぎて黄金色に輝いていただろう、目力がすごいことになっていたと思う。

彩が真っ赤な顔で目をそらし、遂《つい》に根負けした。

「……わ、わかりました。灰さんがそこまで言うなら私が発表します。はぁ……その目は反則です」

「苦労して得た眼だからね。本気の時はなんか光るんだよな」

「はぁ……好き」

「え？　なんて？」

「な、なんでもありません！　では承ります。任せてください！」

どうやら俺は勝利したようだ、これが神の眼の力か。

彩が少し、くねくねしているが気にしないでおこう。

きっと世界から注目されるのが恥ずかしいのだろう。

すまんな、彩。

「あぁ……儂の孫がどんどん男に染められていく。意外とチョロインじゃった……」

会長は誰にも聞こえない声でぼそっとつぶやいた。


「では、私が凪ちゃんの治療を行うということで問題ないですね」

「あぁ！」

「わかりました。では今から治療を行い、方法が確立したのち正式に私が発表します。おじいちゃん、伊集院先生の協力を得ても？　医療技術に長《た》けた人の助力が欲しいです」

「あぁ、あいつなら口も堅いし問題ないじゃろう！　すぐ呼ぼう」

そういって伊集院先生を呼び出す会長。

一応は院長だから偉いのだろうが、会長には逆らえないのだろう。

そして彩《あや》がまるで自分が見つけたように伊集院先生に演技を始める。

心苦しいだろうが、頼むぞ。

正直色々面倒になりそうなことを彩に全部ぶん投げて悪いとは思っている。

今度埋め合わせしよう。

「そんな治療法が……しかし試してみる価値はあると思います。魔力石による魔力の供給。確かに考えてみればなんてことはない。しかし最低等級のアンランクから徐々にか。良く思いつきましたね」

「長年の努力の賜物《たまもの》です。では私は魔力石を粉末化してお持ちします、確かまだ家にA級の魔力石が……」

「あ、彩！　これをつかって！」

俺はB級とA級の魔力石を彩に渡す。

どちらもとても高価な魔力石だ、せめて自分の家族を治すための魔力石ぐらいは用意したい。

「灰《かい》さん……わかりました、受け取ります」

「灰君、君はアンランクだったはず……いったい……」

「えーっと色々ありまして」

「ふふ、そうか。特別な子か……了解した、これ以上は聞かないことにしよう。ところで本当にいいんだね？　確かにこの治療法はとても有効に感じる。だが……人体実験のようなものだ。保証はできない」

「大丈夫です、了承しています。凪の了承は取れませんが……きっと望んでいると思います。だからお願いします、伊集院《いじゅういん》先生。このまただ死を待つだけの妹を助けてください」

俺は伊集院先生に頭を下げた。

伊集院先生は、俺の手を持ち任せてくれと答える。

「そういえば、彩。粉末化ってどうするの？」

「それについては最新の実験で成功しています。といってもある実験の失敗からですが……低位の魔力石に覚醒者が魔力を強制的に供給したんです、それが成功するのなら上位の魔力石を手に入れられると。しかし結果は魔力石の粉砕。爆発です。その結果粉末のように細分化されましたのでその結晶を集めればきっと」

「爆発するんだ……」

「はい、爆発といっても割れるぐらいですが。それでは私は協会の施設で魔力石の粉末を作成してきます。今は……12時ですので、急いで15時には帰ってきます」

「わかりました」

段取りは決まったようでここから俺がすることはない。

俺は会長と一緒に部屋を出た、あとは専門家達に任せることにする。

「にしても昨日の今日でもうわかるとは……どうじゃった？　B級キューブは。灰君なら余裕じゃったか？」

「そうですね、結構余裕はありました。でも……」

俺はエクストラボスのことを告げた。

俺がB級キューブの完全攻略世界初ということは、多分今までも同じようにエクストラボスに殺された人がいるのだろう。

運で完全攻略をしたと思ったら、まさかあんなボスが現れるなんて運が悪いことこの上ないが。

「なんと鬼王がB級に……それはA級中位の魔物じゃな。儂《わし》も現役のころに倒したことがあるがあれは相当に強い。今の君では……」

「いや本当に死ぬと思いましたね。ギリギリでした。本当に危なかった。でも何とか勝てました……そうだ、俺も検査してもらわないと。多分骨にひびが入ってるんですよね」

「ガハハ……やはり灰君は強者の絶対条件を満たしているようじゃな。どれ、待ちなさい」

そういって会長はスマホを取り出し、電話をかける。

おそらく治癒の魔術師の人なのだろう、俺のケガを治療してくれと頼んでいるようだった。

「ちょうど、この病院に協会のB級の治癒魔術師がおる。儂の部下じゃ。回復してもらえるように伝えておいたから見てもらってきなさい。もちろん会長料金じゃ。君は気にせんでいい」

「そんな、払いますよ！　俺結構稼いでるんです」

「なら次はもらおうかのう、ほれ！　子供が遠慮するんじゃない！　さっさと行って治療してこい」

俺は背中を叩《たた》かれて無理やり歩かされる。

こういう時だけは子供扱いするのだから大人はずるい。

しぶしぶ俺は了解した。

これ以上拒否するのも失礼かなと感じたからだ。

俺は頭を下げて治療を受けることにした。

◇

景虎《かげとら》はその背中を見てつぶやいた。

「本当に……見た目はまだ子供なのにのう、一瞬で大人になるのじゃから、若さとはこれじゃから……男子三日というが、君の場合は一日じゃな。ガハハ」

その逞《たくま》しい背中を見て、かつての自分の息子に重ねてしまう。

孫ほど年の離れた少年が今はとても頼りになるし、大好きになっている自分に気づきながら。

～数時間後。

「はい、治療は終了です。骨にひびは入っていましたがもう塞がっていますので問題ないですよ」

「ありがとうございました！」

俺は治療を受けていた。

B級の治癒魔術師であるこの人は医者というわけではないが、協会所属としてこの病院で従事しているそうだ。

とても優しそうなお姉さんで、いい匂いがする。

そしてB級の治癒魔術師なんてこの人滅茶苦茶《めちゃくちゃ》モテそうだな。

「次もケガしたら私に言ってね。灰君なら……プライベートでもいいわよ♥」

突然俺を誘惑してくるお姉さん。

「か、考えておきます！」

俺はしどろもどろに返事し、大人の魅力を何とか振り切って部屋を出た。

最近結構、女性から声をかけられることが多い気がする。

「俺もしかして結構イケてきたか？」

エレベーターのガラスの前でポージングをする。

体格はいい、顔は……凪の兄だ、ダメということはないだろう。

だが今までの人生でモテたことはない。

まぁアンランクと判定された時からだろうな、俺が卑屈になり暗くなったのは。

足が速い、頭がいい、背が高いなどと同じように魔力が高い、は当然のステータスだ。

女性なら強い男性を好きになるのは当然かもしれない。

誰も好き好んで自分よりも圧倒的に弱い相手をパートナーには選ばないだろう。

強さだけがすべてではないが、あの頃の俺は卑屈さも兼ね備えていたからな。

だからモテるなんてこととは無縁だった、というか佐藤《さとう》に虐《いじ》められてて、ギャルに罰ゲームで告白までされ笑いものにされたことがある。

あれは辛《つら》かった、おかげでギャルは嫌いだ。

俺に優しいギャルなど存在しないと、理解させせられてしまった。

だが今はどうだろう。

「きたか、俺の人生初のモテ期。ふん！」

俺はまるでボディビルダーのように、エレベーターの中でポーズを決める。

服を胸までめくり、両腕を上で組んでポージング。

「おぉ、自分の腹筋だが大根がすりおろせそうだ。キレテルキレテル！　肩に重機のせてんのかい!!」

大声で叫ぶ俺。

自分の腹筋に夢中になっていた俺はいつの間にかエレベーターが到着していたことに気づかなかった。

そして背後から聞き覚えのあるお嬢様の声が聞こえる。

「何してるんですか？　灰さん。エレベーターの中で半裸になって……」

体中から血が引いていくのを感じる。

そこにはエレベーター内で大声でポージングしていた俺とお嬢様の2人だけの異空間が生まれた。

「彩……見なかったことにはできないか？」

「一応聞きますけど……何がキレテルんですか？」

「……俺にもわからない」

「そうですか。思ったより早く用意できたので急いできました」

彩はそう言って荷物を見せる。

その中にはきっと粉末状の魔力石が入っているんだろう。

エレベーターの中で俺達《たち》は静かになる。

気まずい。

いうなれば誰もいないからと大声で歌っていたら横から人が出てきた時のような感覚。

恥ずかしさのあまり、ちょっとだけ鼻歌でつづけてしまうようなあの感覚。

だから俺は。

「うーん、ケガはもう大丈夫みたいだな……」

まるで鏡で傷の痕を確認しているようなしぐさを取る。

棒読みになりながらも、なにもなかったかのようにふるまった。

「あーよかったよかった。うん、少し切り傷もあったけど、きれてない、きれてない！」

「灰さん、筋トレが好きなんですか？　鏡の前でポージングをされていたようですが」

「ぐはぁぁ!!」

俺のライフは一瞬で0になった。

気づいていて泳がされた？　なんて恐ろしい子。

隠そうとした分、恥ずかしさは2倍以上となって俺の心をえぐり取る。

だが俺とていくつも死線を潜《くぐ》り抜けてきたんだ、この程度では諦めない。

「さ、最近結構筋肉がついてきてな。魔力と筋肉って関係あるのかなって……」

「直接的な関係はわかっていませんが、魔力によって人体の限界を上回る動作を行うことにより筋繊維が傷つきます。それがあたかも筋トレと同じような効果を生むと研究結果は出ていますので。ですので正しくは魔力によって筋肉が増えたのではなく灰さんが魔力を通じて多くの戦闘を行い、筋肉を酷使したからだと思われます」

思ったよりしっかりした答えが返ってきた。

よかった、何とか話はそらせたようだ。

「あ、そうなんだ……腹筋が割れてて結構すごいんだよ、ほら」

俺はその腹筋をガラス越しに彩《あや》に見せる。

彩は少し顔を赤くし、それでも興味深そうにこちらを見ていた。

「……すごい……触ってもいいですか？」

「え？　いいけど……」

彩の優しい手が俺に触れる。

腹筋を縫うように綺麗《きれい》で細い指がなでる。

「おっふ……」

俺は思わず声が漏れる。

「すごい……硬いけど……弾力が……はぁはぁ」

「彩？」

滅茶苦茶鼻息が荒くなったたな。

「し、失礼しました。とてもいい傾向だと思います」

「そ、そう？　よかった。最近モテ期が来た気がするんだよね」

「え!?　だ、誰かに言い寄られてるんですか!?」

「いや、なんとなくだよ？　勘違いかな……」

「はい！　勘違いです！」

「えぇ……」

チーン

そうこうしているうちにエレベーターは最上階へ。

俺達はそのまま伊集院《いじゅういん》先生を呼びだし、凪《なぎ》の病室へと向かう。

すぐに来てくれた伊集院先生は、すでに輸血の準備を終えていた。

会長は忙しいため今日は協会本部に帰ったそうだ。

また経過を伝えることになっている。そもそもここにも会議を抜け出してきたそうで、部下に謝っているのが電話ごしに聞こえた。

偉いけど、部下からは好かれているんだろうことがその会話だけでわかる。

部下にすまんすまんとフランクに謝りながら怒られている会長には、やはり優しいおじいちゃんのイメージが残ってしまう。

「じゃあ伊集院先生お願いします」

「早かったね、もう準備は終わってるよ」

何やら化学の実験のような機器たちを部屋に持ってきた伊集院先生。

清潔に保つために、部屋にはオペ室のようなテントが張られていた。

そして両手に手袋とマスクをして、まるで外科手術のように、伊集院先生は血と粉末状の魔力石を混ぜ合わせる。

俺と彩はその透明なテントの外から様子を窺《うかが》った。

「凪ちゃんの体重から血液は4リットル、これの1%の40ミリリットルの混合液を輸血する」

伊集院先生は、一つ一つ手順を口に出して俺達に伝えた。

「これで凪ちゃんの1%に値する血液と魔力石を同質量混ぜ合わせた。では、温度は……37度まで温める。……その後輸血を開始する」

凪の赤い血と青いE級の魔力石が混ざりキラキラしたよくわからない色の液体ができる。

そして温め終わった血液が管を通して凪に輸血されていく。

「……以上術式終了……といっても混ぜて輸血するだけだがね、ちなみにこれは何という名前にする？　彩式とでも呼ぼうか？」

テントから出てきた伊集院先生が笑いながら彩に問うた。

「アッシュ式と呼びます。粉末がまるで灰のようなので……」

「アッシュ……わかった。何やら他の意味すら感じるが詮索はしないでおこう。輸血は30分ほどで終わるだろう、私は経過を観察したいからここに残るが……」

「残ります」

「俺もです！」

「愚問だったね。では続けよう。凪ちゃんの魔力はA級と聞いている。灰君《かい》、それは確かでいいのか？」

「はい！　凪の魔力は、18750。A級下位です。なのでE級からA級まで、5回輸血が必要です」

「うん、では……少し長くなるが頑張ろう」

それから俺達は待機した。

俺はずっと凪の手を握っていた、冷たい感覚はまだ治らない。

神の眼《め》のことを全面的に信用しているわけではない。

それでも今は頼るしかない。

何度も救われてきたこの眼に、今は凪を託す。

「凪……」

30分が過ぎ、次の輸血が始まる。

俺はずっと下を向きながら凪の手を握っていた。

ピクッ
「え？」

俺は確かに凪の手が動いた感覚を感じた。

「い、伊集院先生！　凪の手が！　手が少し動きました！　凪！　聞こえるか！」

俺と彩が驚き立ち上がる。

それは伊集院先生も同じことだった、心拍を測定する機器を見ながら驚き立ち上がる。

「あぁ！　信じられないことだがあんなに低かった心拍も正常とはいかないが確実に正常値に近づいている！　これは効果があるぞ、灰君!!」

「はい！」

そして次の等級の魔力石を同様に処理し、輸血を開始した。

俺は再度手を握る。永遠にも感じる30分の輸血時間、徐々に温度を取り戻す凪の手。

俺は震えてただ願うことしかできなかった。

「凪……もうちょっとだからな……」

神は信じていない、でもこの眼は信じている。

この力が俺に与えられた意味はまだわからないが、きっと意味があるはずだ。

「……」

俺は凪の手を強く握りしめる。

次々と輸血されていく魔力石、たった2時間が永遠に感じるほどに長かった。

「では、これでA級の魔力石だ。頼むぞ！」

そして最後の魔力石が輸血されていく。

もしこれで起きなければ失敗だ、もう俺に手立てはない。

そして多分、凪はこのまま死んでしまうのだろう。

不安だった。

もし、これで目が覚めなかったら。

もしこのまま凪の手が冷たいままだったら。

もしこのまま何も言葉を交わせずに凪と別れることになったなら。

俺は……。

「凪……起きてくれ。言いたいことがあるんだ、あの日言えなかった言葉が、凪に言いたい言葉が……」

俺は凪が倒れた前夜を思い出す。

あの日からずっと後悔していた。

ただの八つ当たりだった。

寝不足と疲労、そして焦り、俺は凪に最低な言葉を言ってしまった。

＊

『お前は寝るしかないんだから、寝てろ!!』

＊

もし神がいるとしたらこれは俺への罰なのかもしれない。

凪に八つ当たりのように寝てろと言ってしまった俺への罰なのかもしれない。

凪のせいじゃないのに、辛《つら》い体を我慢して俺に笑ってくれていたのに。

怖くて仕方なかったはずなのに。

最後の会話は会話にすらなっていなかった。

ずっと後悔していた。

＊

「ご、ごめんね。いつも……ありがとう」

それでも凪は俺にありがとうと伝えてくれたのに。

＊

「大好きだよ、お兄ちゃん。おやすみなさい」

＊

凪は俺に大好きだよと伝えてくれたのに。

俺は何も返してあげなかった。

だからこれはきっと俺への罰だったんだ。

神が与えた試練だったんだ、でも俺は乗り越えた。

凪を救うために、命も懸けて。

だから……。

「凪、治ったら中学生だな。今は14歳だから中2かな？　遅れた分勉強頑張らないとだめだぞ？　攻略者は……できればなって欲しくないけど。凪はA級だしな……」

俺は凪が目覚めるまで必死にたくさん話しかけた。

凪が元気になったらしたいことがたくさんある。

小学校のころから俺の後をよちよちとついてきた妹、制服だって着せてあげられてない。

ほんの数か月前のことなのに、もう遠い過去のように思える。

あの辛そうに笑ったパジャマ姿の凪を思い出すたびに胸が苦しくなる。

歩くこともままならないのに、俺が帰ると絶対出迎えようとする凪を思い出す。

共依存、でも俺にとってはすべてだった。

生きる希望と言ってもいいほどに、たった1つの支えだった。

いつも作り笑いをしてでも、俺に笑顔を向けてくれる凪は俺のすべてだった。

だから起きたら今度はたくさん笑わせてあげよう。

今度は心から本気で、作り笑顔なんかじゃなく。

たくさん美味《おい》しいものを食べて、たくさん色んな所に旅行に行って遊んで、もう幸せでお腹《なか》いっぱいだと言われるくらい笑顔にしたい。

何もさせてあげられなかった凪が、それでも俺を支えてくれた凪が。

辛くて、しんどくて、死にたくて、それでも俺に生きる意味をくれた妹が。

目を覚ましたのなら。

今度は精一杯の愛を込めて。

「……おはよう、お兄ちゃん。大好き」

「おはよう、凪。俺も大好きだよ」

力いっぱい抱き締めよう。


凪は俺に抱き着いて、ぶるぶると震えていた。

数か月の間だが、完全に暗闇の中へ閉じ込められていた恐怖は想像を絶するだろう。

だから俺は、ぎゅーっと抱きしめる。

「絶対助けるっていっただろ」

「……うん！　お兄ちゃんが助けてくれるって信じてた!!」

俺はもう一度ぎゅっと凪を抱きしめた。

細くて軽い可愛《かわい》い妹をぎゅっと、精一杯の愛を込めて。

「お、お兄ちゃん、苦しいよ～。そ、それにみんな見てるから!!」

「少しだけ……もう少しだけ……ごめんな。俺も大好きだから。本当にごめんな」

俺は凪《なぎ》の言葉を無視し、人目をはばからず抱き締めた。

あの日交わせなかった言葉をしっかりと伝えるように何度も繰り返す。

「もう……大丈夫。わかってる。お兄ちゃんが私のこと大好きなのはわかってるから……」

「あぁ……あぁ……よくわかってるな……」

それから俺と凪はしばらく抱き締め合う。

俺の涙が、凪の肩を濡《ぬ》らし、俺の肩も濡れていた。

「凪、体調はどうだ？　大丈夫か？」

「体調……うん！　なんか変な感じだけど……動く!!　や、やった!!　私元気だ!!」

凪は自分の体調がすこぶる良いことに気づき立ち上がろうとするが、すぐによろめく。

体調はよくなっても2か月近く寝たきりだったんだ、筋肉が衰えているに決まっている。リハビリが必要だろう、そう思っていたのに。

「立てるよ！　なんかすっごい体から力がみなぎるよ、これって……これがもしかして魔力!?」

「あーそうだった。凪はA級だったんだ」

筋肉が衰えていようが、A級の魔力を持つ凪ならば魔力で立ち上がれるだろう。

AMSが治り、魔力が体をめぐっている感覚を凪は初めて感じ取っている。

「え？　うそ……私にそんな隠された力が……じゃあこれからは私がお兄ちゃんを虐《いじ》める佐藤《さとう》って奴《やつ》から守ってあげるからね!!」

凪が正拳突きの構えをして、フンフンと唸《うな》る。

兄としてはとても嬉《うれ》しいが、佐藤はもういないんだ。

それに。

「残念だがお兄ちゃんのほうが強いからお前はまだ俺に守られるぞ」

「え!?　お兄ちゃんそんなに？　断片的には聞こえてたけど……」

「色々あったんだ、本当に色々な。とりあえず今はゆっくり休め、まだ起きたばっかりなんだから。いつか全部話すよ」

俺はそのまま無理やり凪をベッドに寝かせた。

先ほどの筋肉と魔力の関係について、彩《あや》の説明通りなら魔力で無理に動かしているため筋繊維はズタズタになっているのかもしれない。

凪の魔力は、18750。

A級下位に該当し、世界的に上位として存在するいわゆる化物だ。

まぁ俺の周りが化物だらけなのでわかりづらくなってしまったが、1つの市では一番強いぐらいの存在。

日本でランキングを作れば1000位には入るだろう。

すると彩も挨拶をしようと一歩前に出た。

「はじめまして、凪ちゃん。私は龍園寺《りゅうえんじ》彩です。お兄さんとは仲良くさせてもらってます、よろしくね」

「す、すっごい美人さんですぅ……は、はじめまして！　天地《あまち》凪です！　お兄ちゃんの妹をやらせてもらってます！」

（なんか日本語がおかしいが間違ってはいないな）

「ふふ、元気になってよかったです。お兄さんに目元が似てますね、可愛い」

「そうですか？　へへ、嬉しいな。……え？　もしかして彩さんって彼女？　お兄ちゃんの彼女!?」

「凪、違う。友人だよ、彼女じゃないから」

凪は俺と彩を交互に見つめる。

なぜか彩は目を合わせずに何かを悟られないように空を見る。

「……ふーん。そう、ふーん。なるほどねー」

「なんだよ、変な奴だな」

「別に？　あ、私っていつ退院できる？」

　すると伊集院《いじゅういん》先生が間に入る。

「おはよう、凪ちゃん。元気になってよかったよ」

「伊集院先生！　すみません、ご挨拶が遅れました。兄がお世話になりました」

「お世話になっていたのはお前だろ……」

「はは。それでだね。治療法はそこにいる龍園寺彩さんが提案してくれた。それを施したんだが……」

　伊集院先生は、凪の背中に聴診器を当てて、つながっている機器の数値を見る。

「うん、正常だな。凪ちゃんに関しては……悪いところがもうない。栄養失調気味だからはじめはおかゆのような消化に良いものから食べてほしいがそれぐらいだな。明日には退院するかい？　何かあればすぐ来てほしいんだけど医者としての判断では問題ない。といってもよくわからないからここにいても何もできないし、むしろ……灰《かい》君の傍《そば》の方が何かあった時大丈夫なんじゃないかとね」

　伊集院先生の鋭い目を、俺は口笛を吹きながら空を見て躱《かわ》す。

　ふふっと伊集院先生は笑うが何かに感づいているのかもしれない、さすがに鋭い。

「じゃあ明日から退院します！　お兄ちゃん、また一緒に暮らせるね！」

「あぁ、そうだな」

凪は満面の笑みを俺に向ける。

その笑顔に俺は自然とつられて笑った。

俺達《たち》はその日久しぶりに兄妹の会話をした。

俺は時間も忘れて今まであったことを凪の手を握り締めながら話した。

「お兄ちゃん、もっとお話ししたいけど……彩さん達はいいの？」

「え？……うわ！　もうこんな時間？　2人は？」

「多分気を利かせてくれて別室だよ」

俺はすぐに立ち上がって、2人を呼びに行く。

「す、すみません、伊集院先生。彩！」

「はは、いいんだよ、私も経過を観察していたかったし」

「大丈夫ですよ、灰さん」

俺は2人に謝って一旦はお開きとした。

時刻はすでに21時過ぎだったので、伊集院先生も彩も帰らせないといけない。

「じゃあ、また明日くるからな！」

「はーい！　待ってる！」

俺と彩は病院を出た。

もう暗いから送ろうかと思ったが、会長が迎えにきてくれた。

俺達は今、外で会長の車を待っている。

何か用事があるから少し待ってほしいとのことだった。

「本当によかったです。それで発表はもうしていいですか？」

「うん！　任せっきりでごめんね」

「いいんですよ。少し資料をまとめて各国の医療機関と段取りをして……世界中への発表は二週間後ぐらいでしょうか」

「そか……俺はどうしよっかな……でもとりあえずＳ級は目指したいんだよな……」

「ダンジョンですか？」

「そう、一応は凪を起こすという目的は達成したけど……滅神教《めつじんきょう》とかＳ級キューブとか世の中物騒だし守れるだけの力はいると思って」

「……そうですね、灰さんはＳ級を目指されているんですよね？」

「そう、田中《たなか》さんと話してね。Ｓ級、今の最上位ほどの力がないと自分のわがままを通せないから」

俺はＳ級を目指す、でなければ滅神教《めつじんきょう》がきても大切な者を守れない。

あのフー・ウェンですら下っ端の一人。

つまり滅神教《めつじんきょう》にはさらに上がいるだろう。

もし戦うことになり、今の俺では勝てないほどに強かった時、もっと努力していればなんて言葉を吐きたくない。

どこまで強くなっても上には上がいるのだからこそ、立ち止まるわけにはいかない。

大切な人を絶対守りたいから。

それに。

「彩のことも守ってあげないといけないし」

「――!?」

それは自然に出た言葉だった。

彩と会ってそれほど時間は経《た》っていない、それでも俺はこの少女を守ってあげたいと思っていた。

といっても今では守られる方、彩の方が数倍強いのだが。

「た、頼りにしておきます」

つーんっとそっぽを向いてそれでも恥ずかしそうに、嬉しそうにする彩を見て俺は少しだけ笑った。

プープー!

車のクラクションの音が鳴ったと思ったら病院のロータリーに黒塗りの高級車が現れ停まる。

相変わらず長い車だ。

俺は後部座席の扉へ近づいた。

会長と挨拶するために。でも違った。

いや、正確には会長も乗っていたのだが3列目だ。

この長い車の2列目、俺が扉を開いた先にいたのは女性。

「……え？」

扉を開けた俺を真っすぐと無機質な目で見る少女。

首をかしげてどうしたのとでも言いそうな不思議な顔。

その髪は銀色で、彩に負けないぐらいにサラサラだった。

それなのに日本人離れした美しいプロポーションはどちらかというと肉感的で柔らかそう。

ラフな格好で露出している肌はまるで白雪のようにきめ細かく真っ白だ。

そして何よりも俺と目が合ったその瞳はサファイアのように輝いて、氷のように美しい。

「銀野《ぎんの》レイナ……さん」

俺の目の前にいたのは、俺の命の恩人であり憧れの人。

女性の中では世界最強の魔力を持つ攻略者、銀野レイナだった。

「おぉ、灰君！　うまくいったと聞いたぞ！　本当によかった！　今度凪《なぎ》ちゃんに合わせてくれ！」

会長が何かを言っているのはわかった。

しかし今はそれどころではなく、耳に入らない。

心臓の鼓動が聞こえてくる、俺はその吸い込まれそうな眼《め》から視線を離せない。

「あ、あの！」

俺は突然のことで言葉が出なかった。

だってその女性は俺の憧れ、そして初恋の人だから。

中学生のころ、俺が通っていた中学の近くでキューブがダンジョン崩壊を起こした。

俺は本当ならそこで死ぬはずだった、鬼に潰されて死ぬはずだった。

でもまだ当時女子高生だった彼女に助けられた。

今や名実ともに世界最強の女性攻略者と呼ばれる彼女。

銀色の艶めく髪の綺麗《きれい》さは彩《あや》にだって負けていない。

それでいてモデルのような日本人離れしたスタイルで、自然と胸元に目がいってしまう。

なのにこれほど細いのはどういったファンタジーなのか、これも魔力がなせる業か。

だが誰も彼女の笑顔を見たことがなく、今俺が見つめるその表情も氷のように冷たい。

しかし意地悪な雰囲気などどこにもなく、ただ感情が動かないだけ。

その蒼《あお》くサファイアのような瞳は見ているだけで吸い込まれそうな感覚になる。

綺麗だった。

世界中に多くのファンがいて、男性女性問わずに人気がある。

世界で一番美しい顔ランキング攻略者部門では不動の5年連続1位。

世界中で人気であり、俺は彼女の大ファンだった。

一時期はスマホのロック画面の待ち受けにしていたぐらい。

だから。

「お、俺！　ファンです！　あ、握手してください！」

俺は顔を赤くしながら握手を求めた。

「……握手？　はい」

透き通るような声で、銀野さんは俺が差しだした手を特に何も躊躇《ちゅうちょ》せず握った。

抑揚がなくて落ち着く声。

「一生手を洗いません！」

「それは汚いから……洗った方がいいと思う」

「すみません、やっぱり洗います！」

すべすべだった。

白い手は少し冷たくてすべすべだった、いい匂いがしたと思う。

これは俺の感覚だが、俺の手からいい匂いがする。

「って、なんでここに銀野さんが!?」

「儂《わし》が迎えにいっておったんじゃ。レイナは協会の職員じゃからな！　ギルドには入っておらん、無所属だからのぉ」

「そ、それは知ってますけど！　え？　うそ!?　ほんとに？」

わかりやすくテンションが上がっている俺。

すると銀野さんが奥に詰めてくれた。

「座る？　はい」

「いえ、灰《かい》さんはここま――」「乗ります！　会長送ってください!!　会長の家まででいいんで！」

「いや、それ灰君の家から逆方向じゃが……」

「大丈夫です！」

「えぇ……」

俺はそのまま銀野さんの隣に座った。

元々彩を会長に渡したら俺は歩いて帰る予定だったが、こうなってくると話が違う。

こんなチャンス滅多にない。

銀野さんに俺は言いたいことがあるんだ。

「むー!!」

彩がすごいむくれて俺の隣に座る。

銀野さん、俺、彩の順で座る。

そして運転手さんが車を出発させた。

「そのまえに、初めまして。天地《あまち》灰です。実は初めましてではないんですけど！」

「覚えてない。……私は銀野レイナ」

「いやいや、覚えてるわけないですよ！　あの時の俺は石ころ同然、銀野さんとは住む世界が違いましたから！」

一方的に話し続ける俺。

こういうところはコミュニケーション能力が低いのか高いのか、ただひたすらに銀野さんに興味を持ってもらおうと話し続けた。

銀野さんは、真っすぐ外を見ながらも俺とちゃんと会話してくれた。

「灰さん？　あの、私……」

「いやー、銀野さんほんとにこんなところで会えるなんて感激です！」

「灰さん？　ねぇ……今後のことですけど……」

「フィリピンのA級キューブ崩壊の対応をしていたと聞いてますけど、お疲れ様です！　どうでした？　A級キューブは！　銀野さんなら余裕っすよね！」

「おーい、灰さーん」

「いやーほんと、自分銀野さんの写真集もって――」

「……ふん！」

「――ごほっ!?　あ、彩!?　ど、どうしたの？」

「もういいです！　ふん！　鼻の下そんなに伸ばして！　勝手にしたらいいんです！」

突如脇腹に肘鉄食らう俺、なんでだ？　何が起きた？

俺があまりにテンション高くてうざかったか？

脇腹を押さえながら身もだえする、彩の奴《やつ》S級並の力だからいてぇ……。

そこから車内はしばらくの間、静寂が続いた。

「……き、気まずいのぉ。レイナを連れてきたのはミスじゃったか……」


「じゃあ、俺はここで！」

「本当に家までついてきおった……灰君には不要じゃろうが、夜道は気を付けてのぉ」

「はい！　じゃあ銀野さん。また！……あ、彩もね？」

「どうせ、私はついでです！　ふん！」

彩の機嫌を損ねたままなので今度謝りにこよう。

何をしたか特に心あたりはないのだが、こういう時は謝るのが正解だろう。

そして俺はそのまま自宅に帰ることにする。

◇龍園寺《りゅうえんじ》邸

「レイナ、あ、あなた灰さんのことど、どう思ってるの？」

彩とレイナは親友と呼べる、旧知の仲だった。

彩にとって数少ない心から許せる友であった。

レイナはこの龍園寺家に住んでいる。

色々と事情はあるのだが、幼き頃から彩とは姉妹のように育った関係でもある。

そして景虎《かげとら》のことを実の祖父のようにも慕っている。

「灰さんのこと？……たくさんしゃべるなって……」

「あ、あなたには負けないわよ！」

「……彩は私よりも弱いと思う」

「そ、そういうことじゃないの！」

「まぁ落ち着こう、2人とも。とりあえず今後の話を……レイナ。灰君はもしかしたら次の作戦で一緒に参加するかもしれんからな。仲良くしておいてくれ」

「わかった。仲良くする」

「あ、あんまり仲良くはだめよ！　灰さん目がハートだったし……選《よ》りにもよってレイナのファンだったたなんて……もう……」

「……彩はあの人のこと好きなの？」

「す、す!?……わかんない。でもいい人だと思ってる」

「そう……じゃあ寝るわ。……おじいちゃん。私の部屋はそのまま?」

「うむ、そのままじゃ。掃除はしておったから問題ないと思うぞ」

「ありがとう。おやすみ、2人とも……はわわ……」

大きなあくびをしながらレイナは自室へと戻っていく。

彩は何とも言えない感情でイライラしている自分が嫌になりながらもこの感情を生みだした人物の名前を思い出すといやになる。

「はぁ……灰さんにも嫌な女って思われたかな……あぁ! もう嫌! 私もお風呂に入って寝る!」

そのまま機嫌が悪いのか、どしどしと音を立てて彩はお風呂に向かった。

「灰君……彩を選んでくれんかのぉ……レイナはちょっと我が家が崩壊しそうじゃ……」

景虎の心労がまた1つ増えることになった。

◇お風呂
「好き……なのかな……」

彩は一人、お風呂の中でつぶやいていた。

灰のことを好きなのかと自問自答を繰り返す。

恋愛なんて馬鹿がすることよ、と同年代の女の子達《たち》がわいわいしているのを白い目で見ていた。
男は全員バカに思えたし、下心しか見えなかった。
不潔だし正直自分が恋愛するなんて思わなかった。
いつからだろう。
あの人のことが頭から離れなくなったのは。
いつからだろう。
ただ目で追ってしまうようになったのは。
ただ1つだけわかることは、あの時だ。
フーという暗殺者から守ってもらった時だ。
命がけで守ってくれて、本当にかっこよかった。
血だらけでも戦う姿には正直、乙女心が揺れまくってしまった。
でも本当はそれじゃない。
一番は、あの言葉だ。

＊

「何も見えてないお前がその子の可能性を語るな。外側しか見えていないお前が。その子の可能性を否定するな。彼女は強い。自分を信じて諦めない本当に強い心を持っている。お前にはわからないだろ。18年も無能と呼ばれ続けた人の気持ちが。それでも諦めない心の強さが!!」

＊

あの言葉を心の中で反芻《はんすう》する彩《あや》。

それだけで顔が真っ赤になるし、あの時の灰の顔を想像するだけで恋心が顔を出す。

誰かに言ってほしかった言葉、ずっと頑張っていたのに否定され続けた人生。

それを肯定してくれる言葉だった。

それはきっと灰の人生が自分に少し似ているから。

といっても自分は灰に比べたらとても恵まれていたのだが。

「かっこよかったな……灰さん……。それに……」

それから意識すると早かった。

灰のことを思いながらアーティファクトを作る日々は彩の気持ちを増幅させるのに十分だった。

極めつけは。

「指……ごつごつしてた……男の人の手……」

灰の指を舐《な》めた時だった。

顔が沸騰しそうなほど恥ずかしかった。

なのに、あの人は私を見下ろすように上から見つめて……いきなり舌をなでられた。

その時体に電流が走ったような、よくわからない感覚になった。

あの手を想像すると、少し変な気分になる。

「私って実はMなのかな……」

そんな妄想にふける18歳の初恋を知ったばかりの少女。

お風呂に浸《つ》かって今日は長風呂、顔が真っ赤なのは熱いお湯のせいなのか。

◇翌日、灰視点
おはよう、世界。

今私は横浜に来ております。

「といっても観光じゃないけどな……」

翌日、俺は田中《たなか》さんに報告した後にB級キューブに向かおうとしていた。

田中さんには、AMSの治療ができたこと、エクストラボスのこと、色々一気に話した。

案の定、『また君は平然と世界が変わるようなことを……』と頭を抱えていたが、後は頭の良い皆さんにぶん投げよう。

今俺が向かっているB級キューブ、このレベルとなるとそこら中にあるわけではない。

日本でも各県に3つあればいい方だろうか。

ということで俺は東京周辺に3つあるB級キューブの1つ、神奈川県の横浜みなとみらいに来ている。

ちなみに、横浜の人は出身どこと聞かれると横浜と答えるらしい。

大阪の人は大阪、東京の人も東京なのに、横浜と名古屋は都市名を答えると聞いたことがある。

本当にどうでもいい豆知識だが、それはきっと誇りなのだろう。

キューブもこんな都会に降ってこなくてもと思ったが、協会が管理しているんでみんな安心しきって観光している。

「今日は午前中にB級、いけそうならもう1つ。体力的にしんどそうなら攻略はやめて新居を探して、凪《なぎ》のお見舞いかな」

周りを見回せば観光客だらけ、カップル、カップル、1つ飛んでバカップル。

イチャイチャしやがって、俺も彼女が欲しいし、食べ歩きとかしたい。

心の中で叫ぶが、彼女ができたことはないのでいつか誰かと来ようと目に焼き付ける。

おいそこ、公衆の面前でイチャイチャ……キスしやがった！　あいつらやりやがった!!

赤いレンガの倉庫の周りでいちゃつくカップルたちを恨めしそうに見つめながら、俺は真っすぐ目的地へと向かった。

「ここが横浜のキューブか……人めっちゃ多いけど……ミラージュ」

俺はミラージュを使用して、隔離されているキューブへと近づいた。

そして見る。

残存魔力：８５００／１００００（＋１００／２４ｈ）

攻略難易度：B級

◆報酬

初回攻略報酬（済）：魔力＋5000

・条件1　一度もクリアされていない状態でボスを討伐する。

完全攻略報酬（未）：魔力＋10000、クラスアップチケット（上級）

・条件1　ソロで攻略する。

・条件2　ボス部屋まで1体も撃破しない。

・条件3　ボスを5分以内に討伐。

・条件4　条件1～3達成後解放（エクストラボスを討伐する）

「へぇ……1体も撃破しないか。今までの傾向とは違うな。でも俺は結構相性よさそうだ。それと案の定エクストラか……でも前より俺も強くなったし。大丈夫だろう……多分」

そして報酬を見る。

クラスアップチケット（上級）、これはきっと上級の職業を得られるダンジョンに行けるんだろうか。

「10枚集める時はちゃんと準備しないとな、またいきなり飛ばされるのは勘弁だ」

前回で1枚入手している、なので合計9枚集まれば俺は上級職へと行けるのだろう。

当分はこの上級職になることを目標にしようかな。

俺はそのままエメラルド色に光るキューブへと足を踏み入れた。

凛《りん》とした音と共にいつも通りダンジョンへ、そこは雪山だった。

「雪山か……うん……退却」

俺は秒でキューブを出た。

「いや、寒いわ。外、夏だぞ」

夏も終わりごろとはいえ、まだまだ残暑。

動きやすい服で薄着の俺はこのままでは雪山は攻略できないと思い先に服を買うことにした。

近くのショッピングモールで、俺はモコモコのスキーウェアを購入する。

さすがに季節が違うのでセール中、いつかスキーにいく時にでも使おう。

「ありがとございましたーー」

さて……リトライだ。

急な予定変更により、今日は2つの攻略は無理そうだ。

時刻はすでにお昼に近い。

俺はミラージュを発動し、キューブの中へ、そしてスキーウェアに着替える。

「うーん、雪だな。ほんとキューブの中って不思議だ」

洞窟、神殿のような人工物、森、そして雪山。

あらゆるステージが用意されているが、ここはいったいどこなんだろう。

「雪が降るってことは、自然現象？……あいつらを閉じ込めておくためなのか」

だとするのなら、魔物達は原住民なのだろうか。

いや、どちらかというとここに閉じ込められているという感じもする。

「感情を持っているかどうかも怪しいけどな……」

俺はそのままミラージュを発動し、進んでいく。

道行くなかで出会うのは雪と同じぐらい白い狼《おおかみ》や熊もいた。

「これミラージュなしで、倒さず進むってのは中々厳しいだろうな……」

俺は無人の野を行くがごとく進んでいく。

「魔物同士で殺し合いをしてるし……いったいどんな世界なんだよ」

ミラージュを発動しながら魔物達の生態を見ていた。

奴《やつ》らは人間を真っ先に襲うのだが、仲間ではないのか？

共通の敵が現れたら味方になるとかそういうのなんだろうか。

「考えてもわからないな」

疑問は尽きないが、特に何も起きずに俺はボス部屋まで来た。

躊躇《ちゅうちょ》せずにボスの扉を開いた先には、巨大な白熊がいた。

「ジャイアントホワイトベアー……まんまだな。5分以内か……ステータスは……問題ないな」

俺はステータスを確認し、自分の相手ではないことを確認した。

ミラージュを発動し、一閃《いっせん》で首を刎《は》ねる、真っ白な毛皮が血で染まる。

高級服に使われていると聞いたことがあるが、確かにこの毛皮は相当に高く売れそうだ。

セレブの家に毛皮が絨毯《じゅうたん》とかで敷かれてそう。

「ふぅ……さてこっからが本番だ」

俺が先ほどまでの遠足のような気分を変えて、肺に冷たい空気を入れる。

『条件1、2、3の達成を確認。条件4を解放します』

その無機質な音声と共に、ボス部屋の頭上が黒く塗りつぶされる。

「きた……やっぱりこれがエクストラ……」

まるで宇宙のように、どこまでも広がっていそうな漆黒の闇。

そこから降ってきたのは狼だった。

『条件4　エクストラボスを討伐せよ』

巨大な狼、まるで神話のフェンリルだ。

だが、そこまでの存在ではないだろう、それこそS級に相当する魔物になってしまう。

真っ白な色に、凶悪な牙、涎《よだれ》を垂らしてこちらを見るその狼はトラック並みに大きかった。

俺はステータスを見た。

「鬼王の次は……狼王《ろうおう》か。……ウルフ系の王」

それはウルフ種の最上位種。

俺の武器の素材だったハイウルフを超えた先にいるレッド種を除けばウルフ種の頂点。

魔物達《たち》の王、いわゆる王種。

名前：狼王
魔力：３００００
スキル：隠密《おんみつ》、超嗅覚
攻撃力：反映率▼75％＝２２５００
防御力：反映率▼25％＝７５００
素早さ：反映率▼75％＝２２５００
知　力：反映率▼25％＝７５００
装備
・なし

俺はそのステータスを見る。

狼らしい優秀な2つのスキル。
隠密は、自身より知力が低い相手に認識されづらいというスキルのようだ。

属性：スキル
名称：隠密
入手難易度：A
効果：自身より知力が低い相手には認識されない

それは正直めちゃくちゃ優秀なスキル。
だが神の眼《め》を持ってる俺には隠密は効かないようだ。
それにそもそも、知力は俺のほうが高いので効果は薄い。
そして超嗅覚？　俺はその詳細を神の眼で見た。

属性：スキル
名称：超嗅覚
入手難易度：A
効果：ウルフ種が持つスキル。
嗅覚により、視界に頼らずに敵位置を捕捉可能

「……ミラージュ看破されるじゃん」

そのスキルはミラージュの天敵のようなスキルだった。

視界から消える俺のミラージュは、光の反射によって見えなくなるだけ。

なら超嗅覚により看破され俺の位置は常に捕捉されていると見たほうがいいだろう。

「……なんか鬼王倒せたから余裕もっていけるかなと思ったけど……」

俺は自分のステータスと見比べる。

名前：天地灰《あまちかい》
状態：良好
職業：初級騎士（光）【下級】
スキル：神の眼、アクセス権限Lv2、ミラージュ
魔　力：31185
攻撃力：反映率▼50（＋20）％＝21829
防御力：反映率▼25（＋20）％＝14033
素早さ：反映率▼25（＋20）％＝14033
知　力：反映率▼50（＋20）％＝21829

装備
・鬼王の宝剣＝全反映率＋20％

「鬼王と同じぐらい強いか……じゃあ——」

俺は神の眼を発動した。

あの鬼王を倒した日からこの眼は強さを増していた。

スキルのレベルが上がったわけではない——そもそもレベルはない——が、どちらかというと俺が慣れてきたというほうが正しいのだろうか。

黄金色に輝く瞳が映すのは、世界に見えていなかった真実。

魔力の流れが俺にはすべて見えていた。

「——俺がどこまで強くなっているか試させてもらうぞ！」

その眼で見た狼王は、まるで紫の炎を纏《まと》うかのごとくだった。

その炎が揺らぎ足元へと集まったかと思うと狼王は、地面を蹴りつけ俺に向かって駆けてくる。

俺はミラージュを発動していない、そもそも効果がないのだろう。

発動しても正確無比に俺のいる方向へ向かってくる。

その速度は、まるで銃弾のごとく。

「速い……でも……見える！」

集中すると、世界はスローに変わっていく。

この眼の力なのか、俺の集中力が増したのかわからない。

これだけ速い狼王の動きがはっきりと俺には見えた。

きっとそれは次にどう動くかがわかるからだろう。

「初手は右前足での切り裂き」

俺はそのまま寸前で、最小の動きで躱《かわ》す。

なぜならすぐに反撃したいからだ。

「ワォォォ!!」

その右前足の腱《けん》を切り裂くと、赤い血が噴き出した。

狼王は、負けじとその場で噛《か》みつきを繰り出した。

だから俺は首だけ動かしてその噛みつきを躱し、一番魔力が薄い首に短剣を突き刺し切り開く。

先ほどとは比にならないほどの血が噴き出し、狼王はよろめいた。

(……ミラージュ)

その場でミラージュを即座に発動、狼王は俺を一瞬見失う。

すぐに超嗅覚で看破するのだろうが、この1秒で十分だ。

常時ではなく、一瞬だからこそミラージュの効果は倍増する。

俺はよろめく狼王の頭上から全力の振り下ろしで再度魔力が薄い部分を狙って首を断ち

切る。

防御することもできず、確かな肉を切り裂く感覚が俺の手に伝わった。

そのまま着地をする。

背後ではドシンという音と共に狼王が倒れていた。

俺は自分の手を見つめ、背後の狼王を交互に見る。

「……強くなったんだな、俺は。この世界で上位に位置するぐらいには」

目の前で動かなくなった巨大な狼王を見て俺は自分の強さを認識する。

ほんの数か月前まではゴブリンにすら殺されかけていたのに、いまでは王種をも打倒できるほどに。

『条件1、2、3、4の達成を確認、完全攻略報酬を付与します』

勝利を告げる音声が、この場の勝者を確かに決めた。

俺はすぐに狼王の魔力石だけは回収した、この魔力石は引っ越し費用に使おうと思っていたからだ。

数億円で取引されるこの魔力石、最上位の攻略者がバカげた金持ちであることも頷《うなず》ける。

会長の家なんて、何十億するかわからない豪邸だからな。

あそこまではいらないが、普通の、本当に普通の家に住みたい。

家族仲良く、ただそれだけでいい。

それだけを望んだのに随分と時間がかかった気がする。

「……ふぅ、これで帰宅か」

俺の体を光の粒子が包み込む。

暑いのでスキーウェアは全て脱いで薄着に戻る。

エメラルド色のキューブが開き、足元のチケットを拾って外に出た。

「……もう3時か、なんやかんや結構時間食っちゃったな。凪《なぎ》を迎えに行こう」

俺はスマホの時間を見ながら、想定通りにいかなかったなと落胆し、そのまま凪を迎えに行くことにした。

大したケガもしていないので、問題ない。

俺はそのまま病院に向かい、凪を迎えに行く。

一日たったが、体調はどうだろうか。

問題ないとは今朝、電話で連絡は受けているが。

「凪、入るぞ？　体調はどうだ？」

「あ、お兄ちゃん！」

国立攻略者専用病院、最上階の一室。

そこでは、凪がリハビリがてらなのか、歩き回っていた。

もう全然元気のようで、俺に向かって飛び跳ねて抱き着いてくる。

俺はしっかり抱き締めた。

相変わらず細いが、顔色は相当に良くなっている。

「早かったね、夕方ぐらいだと思ったのに！　でももう準備はできてるし、体調も万全！」

「たった一日なのに、随分元気になったな……」

昨日はまだ顔色が悪く、青白い顔をしていたのにたった一日で凪の顔は少し赤みが掛かった健康的な色になっていた。

「うん！　実は田中《たなか》さんって人がね、治癒の人を手配してくれて！　今日起きたら筋肉痛がすごかったのに、そしたらもうなんか一気によくなったの！」

「田中さんが？……そっか。あとでお礼言わないとな。じゃあ凪帰ろう！　我が家に」

「はーい！　家より、ここの方が過ごしやすいけど！」

「はは、確かに」

そして俺達《たち》は準備を始め病院を後にした。

「凪、引っ越そうと思うんだ」

「え？　なんで？」

「いや、さすがに手狭というか、エアコンもカビ臭いし、風呂も狭いし、いっそ引っ越そうと思ってな。なんならそろそろあのボロアパート倒壊するぞ。ギシギシいってるし」

「確かに……でもお金は？」

「何言ってる、お兄ちゃん、攻略者として成功したから相当に金持ちだ。どこでもいいぞ！　さぁ贅沢《ぜいたく》を言うんだ！　何でも叶《かな》えてやろう」

「ほ、ほんと!?……じゃあ億ション！」

いつも謙虚な凪には似つかわしくない言葉に俺は驚いた。

「億ション!?　普通の家の方がいいんじゃないのか？」

「まぁ冗談だけどね。……お母さんが昔住みたいなって言ってたの思いだしたの。お父さんが冷や汗かいてたけどね。……贅沢な家っていうと億ションぐらいしか思いつかなかっただけ、お兄ちゃんと一緒ならどこでも私はいいよ」

凪の冗談だったようだ。

でも俺も思いだした。

ずっと昔母さんがそんなことをテレビを見ながら言っていた。

でも父さんと母さんが死に、凪が魔力欠乏症になってから元の家は売りに出し今の6畳一間に引っ越した。

見事なまでの転落人生、間違いなくどん底だった。

でも転がり落ちたのが一瞬なのなら、駆け上がるのも一瞬でいいじゃないか。

凪は今までずっと辛《つら》い思いをしてきたんだ。

これ以上何を我慢させる必要がある。

だから。

「住もう、億ション」

「じゃ、冗談だよ！　大丈夫、私はお兄ちゃんといられれば……」

やっぱり凪は遠慮する。

ずっとそうだ、いつだって我慢し、遠慮し、耐える毎日だったのだから。

だから無理やりにでも贅沢させなければならない。

「いや、絶対に住もう！　億ション!!」

「え？　本気？　さすがにそんなに稼ぐのは……」

「本気だ。凪、これをみろ」

俺は鞄《かばん》から1つの魔力石を取り出す。

それは狼王《ろうおう》の魔力石、A級中位に該当するこぶし大ほどの魔力石だった。

「綺麗《きれい》……お兄ちゃん、これは？」

「これは魔力石、A級に相当するボスレベルの魔物からとれる魔力石だ。これ1つで億は超える。今の俺はこれぐらいなら半日で稼げる」

「えぇ!?」

凪が人目もはばからず大きな声を上げる。

通行人たちがこちらを見るがすぐに視線を戻した。

「だから金のことは心配しなくていい、今まで辛かった分精一杯楽しもう。俺は凪がしたいということは全部させてあげるつもりだ。……だから億ションに住もう！」

俺はそのまま凪の頭をなでた。

「……お兄ちゃん……もう最高！　一生大好き！　結婚して！」

「はは、兄ちゃんも好きだぞ。血がつながっているのが残念なぐらいだ。よし！　こういうことを相談できる人がいるんだ、ちょっと待ってな」

「うん！」

　そして俺はスマホを取り出し、ついでと思って電話する。

「……もしもし田中さんですか？　今少しいいです？」

「あぁ灰《かい》君か。君のためなら時間はいくらでも作ろう。どうした？」

「えーっとまず、凪の治療ありがとうございました！　もう退院できました！」

「それはよかった、みどりも喜んでいたよ。ＡＭＳの根絶は人類の悲願だからね、微力ながら協力させてもらった」

「本当に助かります、それでですね、話は全然変わるんですが……」

「ん？」

　そして俺は田中さんにお願いした。

「いい不動産屋を紹介してください!!」

　いつか同じようなセリフを言ったなと思い出しながら。


～翌日。

　俺は今、田中さんに紹介された不動産屋。

　その名も『ニコニコ不動産』に来ている。

うん、すごくあやしいけど田中さんの紹介だし大丈夫だろう。

「天地《あまち》様でございますですね！　私、田中様からご紹介されました。根津《ねづ》と申します！」

店に入った俺をずっと待ってたのかと思うほどに、扉の前で名刺を出した男。

出会いがしらに、挨拶を手早く済ませ名刺を渡すサラリーマンで出っ歯……あれ？　この人どこかで見たな。

「あの……どこかで……」

「天地様とは初対面のはずですが……あ、もしかして弟ですかね。私の弟が攻略者向けの武器を販売させていただいてます、田中様とは兄弟そろって懇意にさせていただいておりますので」

「あー……すごいですね、瓜二《うりふた》つです」

「よく言われます」

紫のスーツが怪しさを加速させるが、懇切丁寧な態度。

それに武器ブランド『フォルテ』で対応してくれた根津さんを思い出し、俺は少し心を開いた。

ここまで似ていることがあるのか？　ステータスを見るに、名前以外ステータスが全部一緒だぞ、もはや奇跡だな。

「じゃあ根津さん。今日は妹と2人ですがよろしくお願いします」

「いえいえ、田中様のご紹介とあっては私も熱が入るというものです、億ションを探しておられるとか、その若さで恐れ入ります」

「はは、贅沢といえば億ションだろうと考えるほどに安易ですが妹と2人で住める住みやすいところをお願いします。できるだけ凪には贅沢をしてほしくて」

「ふふ、仲睦《むつ》まじくて羨ましい限りです。了解いたしました！」

根津さんは手をもみもみさせて、こちらを持ち上げに持ち上げてくる。

でも悪い気分ではないな、これがごまをするというやつか。

「ではお車をご用意しておりますのでこちらへどうぞ！」

そして俺達は車に乗って、物件へ向かう。

いくつかピックアップしてくれているそうなので、楽しみだ。

「いやーそれにしてもその若さでご立派でございますな！　うちの弟に爪の垢《あか》を煎じて飲ませたいものです！」

「いえいえ、ちなみに今日はどんな物件なんですか？」

「私共の精一杯の物件でございます。お値段も田中様のご紹介とあっては全力で頑張らせていただきますよ！」

そんな話をしていると、物件についたようだ。

緑豊かな敷地に綺麗なマンション、これが億ションか。

そこは東京の目黒区、高級住宅街で利便性は抜群。周りもセレブだらけだった。

「ささ！　こちらでございます！」

中には高級ホテルのロビーのような空間が広がっている。

隅々まで掃除され、ピカピカの大理石とよくわからないオブジェ。

「すごい綺麗ですね、根津さん」

「はい！　自信をもってご紹介できるお部屋ですよ！」

「お兄ちゃん、ワクワクするね！」

凪はとても楽しそうだった、キラキラした笑顔をしている凪を見るだけでこの選択はよかったと思う。

俺達はゆっくりと歩を進める。

残暑が厳しいというのに、フロア中が涼しい。この広い空間を冷やすためにどれだけの電力が使われているんだろうか。

我が家なんていまだにうちわしかないんだぞ、人力オンリーだ。

「最上階、といっても高層ではないので5階ですが、とても暮らしやすいと思われますよ、買い物にもすぐにいけます」

「いいですね、本当に住みやすそうだ」

俺は根津さんに案内されてエレベーターに乗る。

エレベーターだけでうちの家の半分近くあって広々としている。

「この物件が一番おすすめできますので、期待してください！」

そして俺達はエレベーターで上に昇っていく。

億ションのイメージは遥《はる》か高階層だったのだが、ここはそれほど高くない。

これなら田中さんが困ると言っていたように少し外に出るにも時間はかからないだろう。

「ささ！　つきました、この階でございます。新築ですが内覧のご予約でいっぱいでして、ですが天地様がお決めになるのでしたら最優先でご用意させていただきますので！」

豪華なエレベーターの扉が開いた先に待っていたのは、カーペット敷きの廊下。

そして案内されるがまま、真っ白で綺麗なドアを開けると、俺の家より広い玄関が待っていた。

今日我が家より広いしか言ってない気がするが、黒と灰色の大理石が使われたピカピカの玄関だ。

「うわぁー、すごいね。お兄ちゃん、うちより広くない？　この玄関！　きゃー！　まるでテレビの中みたい!!」

凪《なぎ》がテンション高く、部屋の中を走り回る。

楽しそうでよかった。

「どうぞどうぞ、ご自由に見てくださいませ。仮にご購入することとなりましたら置いてある家具はすべて差し上げますです、はい！」

家具は全てくれるらしい、この意味のわからない前衛的なオブジェもくれるんだろうか。

枯れた木を組み合わせてなにを表しているんだろうか。

俺には全然わからないが多分おしゃれなんだろう、神の眼《め》をもってしてもいったい何なのか全くわからない。

他にもおしゃれアイテムがたくさん立ち並ぶ。

何が書かれているかわからない絵も壁にかかっているし、これが芸術か。うん、まったくわからん。

「すっごい、このソファ！　やわらかーい！　お兄ちゃんきてきて！」

「ほんとだ……すごいな。我が家においたらこれだけで部屋が埋まるぞ」

凪はあっちへ、こっちへと笑い声をあげながら探索を開始した。

今は中学2年生の年齢だが、ずっと家で療養していたんだ。

まだほとんど小学生のようなもの。

だから楽しくて仕方ないのだろう、俺は微笑《ほほえ》ましくそのはしゃぐ姿を見つめる。

「バルコニーもあるのか、バーベキューできそう」

パーティーでもするのかと思うほどのその広いリビングを抜けてベランダに行く。

そこには、中にあるジェットバス付きでＴＨＥ金持ちという感じの高級なお風呂とは別に、露天風呂用のお風呂スペースがあった。

「すげぇ……」

「どうですか？　お気に召しましたか？」

「はい、正直すごくいいと思います。ちなみにお値段は……」

「こちらですと3億3000万円ですが、天地様に限り3億円に頑張らせていただきます！」

「3億……」

俺は鞄に入っている魔力石を思い出す。

あれ一つで5億にちかい値段で取引される。

A級の中でもボス級の魔力石は特別だ、A級キューブの通常の魔物の魔力石よりも巨大な石。

多くの攻略者が武器の素材として、そして国はエネルギー、財産、国力として求めている。

「ちなみに、住もうと思ったら最短でいつからいけます？」

「そうですね……ローンを組まれるかどうかで変わってくるのですが……」

「仮にですよ、一括で今日振り込めるといったら」

「一括で今日!?　そ、それでしたらそうですね、こちらの物件はすでに完成しておりますし、ライフラインもすぐに手配可能ですので……住むだけでしたら急ピッチで用意しますので、内緒ですが、すぐにでも！　まだ売買契約などは終わっておりませんが、そこは融通させてもらいますので！」

「わかりました、検討します」

実は田中《たなか》さんにこの話をした時、狼王のA級魔力石の購入をアヴァロンがしてくれると提案してもらっていた。

その時の買取値が約5億円、ギルドのアヴァロンは協会を通さず他の企業に直接素材や魔力石を卸せるのでとても高値で買い取ってくれる。

協会よりも10％は上乗せされているだろう。

だからお金はすぐに用意できる。

田中さんは今日にでも振り込めるといっていたので、問題ないだろう。

だから俺の中では結構決まっていた。

すると凪が満足して戻ってきたので、その物件はそれで終わりにし、他にもいくつかの物件を回った。

そして今は根津さんと東京不動産本社ロビーに戻っていた。

「凪どうだった？」

「えぇ……どれもすごかったけど……やっぱり最初かな。一番暮らしやすそう」

「俺もそう思う、……じゃあ決めちゃおうか、正直疲れたし」

「えぇ!? お兄ちゃんいつの間にそんなに大胆に……金銭感覚バグってない？」

「かもしれん。まぁいいだろ。18年近く我慢我慢の連続だったんだし、その反動だ。やりたいように、生きたいように生きるぞ、俺は」

「ふーん、お金使って変な遊び覚えないでよ？ キャバクラとか」

「はは、怖そうだから行かない」

「ふふ、知ってる。お兄ちゃん女遊びとかできなさそう、心が苦しいとかいって」

「兄を何だと思ってるんだ……じゃあ決めちゃうぞ？　本当に買っちゃうぞ？」

「いったれ、お兄ちゃん!!」

凪の後押しもあり、大きな息を吐きながら俺は契約書にサインした。

根津さんがとても嬉《うれ》しそうにしていたが、この契約一つで根津さんにいったいどれだけのボーナスがでるんだろうか。

そう思うと少しいいことをした気にもなるな。

その後契約のモロモロだったり、田中さんの魔力石換金だったり色々やっていたらその日は終わってしまった。

俺と凪は6畳一間の現在の我が家へと帰る。

久しぶりに布団を並べて隣で眠る。

急だがもうすぐこのかび臭く狭い部屋ともお別れだな。

あ、ゴキブリいる。

「凪が隣で寝るのも久しぶりだな」

「そうだね。ねぇ、お兄ちゃん！　明日買い物行きたい！　私小学生の頃のTシャツしかなくて……」

「おう！」

「ふふ、なんか地獄からいきなり天国に来たみたい。……早く世界中に治療法が広がって同じように苦しむ人がいなくなるといいね」

「あぁ、……彩《あや》は世界救ったな……じゃあ……おやすみ。また明日」

「うん、おやすみ！」

凪にもこの眼のことは言っていないし、治療法を発見したのは彩ということになっている。

これを知るのは彩と田中さんと景虎《かげとら》会長だけだ。

でもそれでいい、凪は巻き込みたくはない。

俺の妹だけど、この眼のことを知って巻き込むことはしたくない。

「凪……大好きだぞ」

俺はあの日のことを思い出していた。

凪に強く当たってしまって、凪に気持ちに応えなかった日を。

「ふふ、あの時すっごく悲しかったんだ、体が痺《しび》れてきてすっごい怖くて……それにお兄ちゃんの迷惑になりたくないって……」

「そ、それは本当にごめん」

「許さない！」

「ど、どうすれば……俺にできることならなんだってするから！」

「じゃあ……」

そういうと凪がもぞもぞと俺の布団に入ってくる。

「私が満足するまでずっとぎゅっとすること！」

布団の中で満面の笑みで俺を見て抱き着いてくる凪。

俺はつられてそのまま笑顔になる、そして。

「ふふ……満足しても離さないぞ。おりゃ！」

凪をぎゅっと抱きしめる。

「きゃっ！　もう……お兄ちゃん……でもすごく安心する。おっきくて優しくてあったかい……これが大人の男の包容力だね！」

「そうか？　ガタイがよくなっただけじゃ……」

「そうかな、でも匂いはやっぱりお兄ちゃんの匂い……じゃあおやすみ……お兄ちゃん」

「あぁ」

俺はそのまま目を閉じる。

これほど幸せな気持ちで眠れるなんていつぶりだろうか。

だからこの幸せを守らないといけない。

誰が来ても、どんな敵がきても凪を、彩を、みんなを守れるぐらいに強くなることを静かに決意していた。

明日からB級キューブを攻略し続けて……魔力10万超え、S級になることを目指す。

しばらくすると凪から吐息が聞こえてくる。

すやすやと幸せそうな顔で眠っている。

俺はその顔にかかった髪を後ろに流しながらつぶやく。

「守るからな……全部から。俺が……」


～あれから数日後。

凪《なぎ》の買い物や、引っ越しなどをしていたらあっという間。

空いた時間に俺は相変わらずB級キューブを攻略している。

他県にも足を延ばしながら日に2つの攻略をし、俺はついに今日B級キューブを合計10個攻略した。

「これで10個か……結構早かったな」

つまり、今の俺のステータスは。

名前：天地《あまち》灰《かい》
状態：良好
職業：初級騎士（光）【下級】
スキル：神の眼《め》、アクセス権限Lv2、ミラージュ
魔　力：121185
攻撃力：反映率▼50（＋20）％＝84829
防御力：反映率▼25（＋20）％＝54533

素早さ：反映率▼25（＋20）％＝54533
知　力：反映率▼50（＋20）％＝84829

装備
・鬼王の宝剣＝全反映率＋20％

「S級……か、遂《つい》に」

俺は今S級へと至っていた。

といってもS級の最下位で、ギリギリではあるのだが。

魔力10万越え、日本で6番目に強い存在。

アヴァロン所属、ギルドマスターで日本最強、天道龍之介《てんどうりゅうのすけ》。

ダンジョン協会会長、龍園寺《りゅうえんじ》景虎。

そして孫の龍園寺彩。

後、俺は面識はないが、天野《あまの》弓一《ゆみいち》という人がいる。

アヴァロンではないが、日本で2番目に強く大きいギルド『トリスタン』のギルドマスター
ターだ。

そして最後の一人は、銀野《ぎんの》レイナ。

女性の中では世界最強の女騎士。

俺の憧れでもある。

「……クラスアップチケットか……」

俺はキューブの中で拾ったチケットを見る。

このチケットは10枚集めると、あの騎士昇格試験のようなダンジョンに行けるのだろう。

ならすぐに使うべきなのか、それとももう少し強くなってから行くべきなのか。

「前は死にかけたしな……でもこの説明見る限りいつ行こうがあんまり関係ないんだろうな……」

属性：アイテム
名称：クラスアップチケット（上級）（1／10）
入手難易度：A
効果：上級の昇格試験が開始される。
説明
10枚集めることで使用できる。
使用時のステータスによって難易度は変化する。

「とりあえず、今日は会長に呼ばれているから向かうか」

俺がS級になったことを昨日伝えた時、会長の景虎さんが今日の午後から話したいというから俺は会長宅へ向かうことにした。

「にしてもエクストラボスも正直もう相手にならないな……ステータスの暴力って感じだ」

あれから毎日B級キューブを攻略し、エクストラボスを倒したが狼王《ろうおう》あたりから相手にならなくなった。

この眼の力もだいぶ慣れて、そう簡単には攻撃は食らわない。

油断はしてはいけないが、これならA級キューブも視野に入れてもいいかもしれないな。

俺はそのまま会長宅へと向かう。

相変わらずの豪邸で、巨大な門の前に立つ。

ピーンポーン

「………あれ？」

ピーンポーン

チャイムを鳴らすが誰も出てこなかった。

「おかしいな……電話するか」

俺は会長に電話することにした。

午後には向かうといったが、確かに今は11時。

少し早く来てしまったか？

「あ、会長ですか？　今、家まできたんですけど……」

「灰君か、はやかったのぉ。すまんが、会議が延びておってな。入って待っててくれるか？　では、すまんがそういうことで」

プツ……ツーツーツー

電話ごしに何かしらの会議の声が聞こえたので、忙しいのだろう。

その時だった。

鳴らしたが誰もでなかったインターホンから声が聞こえた。

透き通った声だった、どこかで聞いたような綺麗《きれい》な声。

「どちら様ですか？」

「ん？　あ、天地灰です。すみません、景虎会長から中で待っていてと言われましたので」

「そうですか……はい」

するとガチャという音と共に扉が開く。

いつも彩《あや》が出迎えてくれるから知らなかったが、自動ゲートのようだ。

「今の声誰だろう、聞いたことある気がするけど……お手伝いさんかな？」

俺はそのまま進んで、家の扉の前へ向かう。

ガチャという音がしたので、扉の鍵を誰かが開けてくれたのだろう。

俺はそのまま扉を開けた。

普通はそうするだろう。

誰かがインターホンで出て、扉が開いたのなら入ってくれという事だと思う。

それに家主である会長から中で待っててくれと言われたんだ、普通は何も疑わずに入る。

だから俺は、悪くない。

「ぎ、ぎ、ぎ、銀野さん!?　ふ、ふ、服が!!」

不可抗力なんだ。

「……鍵が閉まってるから……困ると思って……」

目の前にはタオル一枚で髪を濡《ぬ》らした銀野レイナさんが立っていた。

お風呂に入っていたのだろう、髪は濡れて体は濡れて、タオルも少し濡れて体のラインもくっきり見えている。

「いや、そ、それは助かったんですけど!!　お、お風呂に入ってたのなら言ってくれれば!!」

俺は慌てて手で顔を隠す。

でも指の間から少しだけ様子を見てしまう。

銀色の髪が濡れて肩にかかっている、一枚のタオルから見える胸の谷間に自然と目が行ってしまう。

「じゃあ……戻る」

「は、はい……」

そういって何事もないかのように銀野さんはお風呂に戻っていってしまった。

「う、うわぁぁぁ……」

俺はただそのモデルのように歩いていく後ろ姿を見つめてしまう。

タオル一枚、なのに絵になるほどにスタイルがいい。

顔が真っ赤で火が出そうになるが、それは逆では？　とツッコミをいれそうになる。

俺がそこで立ち尽くしていると。

「灰さん？」

「え？」

直後、後ろから声を掛けられる俺。

そこには、買い物から帰ってきていた彩の姿が。

「もう来られたんですね！　いってくれれば、一緒に買い物行きたかったのに……あ！　灰さん食べられるかなってお昼の準備しようと思って買い物にいってたんです！」

両手の買い物袋を掲げ、笑顔で微笑《ほほえ》む彩はとても嬉《うれ》しそう。

あれからアーティファクトの力によりS級にふさわしい力を得た彩は、ある程度は戦えるため、遠出はできないがスーパーぐらいには買い物にいけるようだ。

ずっと家にこもっているわけにもいかないので、景虎《かげとら》会長も苦肉の策といったところ。

「灰さん……ここ濡れてますけど……もしかして」

「あぁ……銀野さんがお風呂から出てきて……鍵を開けてくれて」

「……も、もしかしてあの子裸で……」

「い、いや！　タオル巻いてたよ？　ちゃんと!!」

「もう！　それでもあの子はほんとに!!　すみません、レイナはちょっとその辺の感覚がおかしくて」

「そ、そうみたいだね……」

「灰さん……顔が真っ赤……ちょっとぐっと来ちゃった感じですか？　裸体にちょっとぐっと来ちゃった感じなんですか!?」

「ら、裸体って……そ、そりゃちょっとびっくりしたというか、ドキドキしたというか……」

「はぁ……今度私も仕掛けてみようかな」

「何を？」

「何でもないです！　とりあえずお昼までですよね？　前の応接室で待っててください、作りますんで」

「ってそれよりなんで銀野さんが？」

「レイナはずっと昔からここに住んでます、だからこの前おじいちゃんが迎えに行ったんですよ」

「あ、そうなんだ……知らなかった」

「そうですね、協会内では有名ですが別に公表されているわけではありませんから。では、ちょっとお待ちください」

そういって彩は料理に行ってしまった。

そうか、銀野さんはここに住んでいるんだ……それにしてもすごいものを見てしまった。

応接室で待つ俺、しばらく待っていると銀野さんが今度はしっかりと服を着て現れる。

ラフな格好だが、こういう服装は結構ぐっと来てしまう。

短パンと半袖のルームウェアというかスポーティーな服。

銀色の濡れた髪はシャンプーの匂いで、ぐっと来てしまう。

「あ、銀野さん！　さっきはすみませんでした！」

俺は出会いがしらに頭を下げる。

裸体を見てしまったのだ一発殴ってください、お願いします、むしろご褒美ですんで。

すると銀野さんはきょとんとした顔で、首をひねる。

「……何が？」

「え？　あぁ……はは。なんでもないです」

「そういえば……レイナって呼んで」

「え!?」

「私も灰《かい》って呼ぶから。戦闘中は敬称不要、敬語もいらない。仲良くする」

「い、いいんですか？」

そういうと銀野さんはコクリと頷《うなず》く。

「じゃ、じゃあ……レイナ？」

俺は恐る恐る銀野さんを下の名前で呼んでみる。

違和感がすごいが慣れていかなければならない、確かに戦闘中に敬称は不要。

命が懸かっているのだから。

そして返す言葉は、もちろん。

「よろしく。……灰」

俺は手で顔を覆いながら一人悶《もだ》えた。

「バキッ!!」

彩のいるキッチンでか何かが壊れた音がした。

◇同時刻ダンジョン協会　日本支部　大会議室
「では中国も参戦したいと?」

「ええ、龍の島奪還作戦。米中日共同戦線といこうではありませんか。ねぇ景虎会長」

そこでは中国人らしき眼鏡をかけた男が座っていた。

彼は中国のダンジョン協会の重鎮の一人、名を李《リー》 伟《ウェイ》と呼ぶ。

そして対面には日本ダンジョン協会会長、龍園寺《りゅうえんじ》景虎。

加えて日本トップギルド、アヴァロンの副代表田中一誠《たなかいっせい》、そして代表の天道龍之介《てんどうりゅうのすけ》も座っている。

会長よりも体は大きく、まるで傭兵《ようへい》のような男が天道龍之介。

無精ひげを生やし、髪はボサボサ、特に見た目には気を使わずいつもタンクトップでたばこを咥《くわ》えているのだが、今日ばかりはさすがにギリギリ正装と呼べるカッターシャツを着ている。

その鋭い眼光は、歴戦の戦士であり常人なら目を合わせるだけで震えが止まらなくなるほど。

「元々予定では、米国と日本の共同戦線のはずじゃ。それを後から入れてくれとは？」

「まぁそういわずに。なぜならあの島は日本の次に私達《たち》中国の隣にあるのですから、我々も気が気ではないのですよ」

そこに口を放むもう一人の男。

「それだけではないだろう……」

髪は金髪、目は蒼《あお》い。欧米人であり軍服を着ているこの男は米国の軍人。

米国は日本とは少し形態が異なりダンジョン協会と軍が密接につながっている。

そのため、ダンジョン協会アメリカ支部＝米軍と呼んでも差し支えない。

そしてこの男はダンジョン協会の重鎮であり、軍の中将。

名をスターと呼び、スター中将と呼ばれた。

「田中さん。我々米軍としては、正当な理由でもなければ中国の介入は断りたいところですがな」

「スター中将の言う通り、日本のS級3名、そして米国のS級20名で行うと、すでに計画が進んでいるんです。李さん、この変更はできません」

この場を仕切るように話すのは田中一誠。

天道龍之介は形は確かに代表なのだが、実権は田中が握っている。

天道がめんどくさがっており、そもそもギルドマスターもしたくないといっているのだが、田中が代表は一番強い者がなるべきだとごり押しした形だ。

田中は、その李と呼ばれる中国人の男を牽制《けんせい》する。

「では、こうしましょう。我々は後方で待機。もし作戦が危うくなった時に参戦させてもらうと。どうです？　それでしたらそちらには利はあっても損はないはず」

（あくまで参戦したという実績がほしいか……しかしこの条件で断るのはさすがに……）

間髪いれずにその李という男は、言葉を続ける。

「我が国の闘神ギルドのことはご存じですね？　そこから10名参加させます」

「10名!?　それでは主力級ではありませんか!?　我々日本の戦力よりも！」

中国最強最大ギルド『闘神』。

たったの33名という少数のギルド。

だがその実力は世界最強。

なぜならギルドに所属している人間すべてがS級という化物ギルドだからだ。

世界で一番強いギルドを決めるランキングでは米国最大ギルド『ＵＳＡ』といつも1位、2位を争っている。

　ちなみに、アヴァロンは今年は23位、S級が1名しかいないためだ。

「何かあった時の保険ですよ、我々は救援要請がなければ一切動きません。それに日本はもう2回失敗しているのです、これ以上は失敗できないでしょう？」

　にやりと笑う李、そしてこれを告げられると日本は弱かった。

　これ以上失敗できない、過去二度失敗しているのだから世界的に信用もない。

　だから、景虎会長が口を開く。

　諦めたわけではない、しかしこれは高度に難しい外交上の問題だった。

　日本としては中国、米国どちらともうまくやっていかなくてはならない。

　むしろ地理的に言えば中国のほうが影響力は大きく、経済に与えるインパクトは大きい。

　かの国が本気を出したのなら、人口10倍以上、S級の数はそれ以上。

　侵略戦争でも起きようものなら日本は一たまりもないのだから。

　ただしその場合は米軍との世界大戦に陥る可能性もあるのだが。

　そして景虎会長が口を開く。

　かの大国にここまで譲歩されると答えは決まる。

「……わかった、中国の後方待機を受け入れよう。よろしいですか？　スター中将」

「そうですな、保険。というのなら仕方ないでしょう、ただし我々の作戦が失敗したらです。そこだけは譲ることはできませんし、その後の管理についてもです」

「ふふ、了解しました。その後のS級キューブについてはまた作戦が成功したのち議論しようではありませんか」

「……わかりました、では田中君、本題に」

「はい」

そういって田中が立ち上がり、画面に映すのは龍の島の映像だった。

そして始まるのは作戦会議、WEB上でつながり参加する各国のS級のもとへと映像は届けられている。

「これは衛星写真からの推定ですが、現在龍の島にはS級に相当する龍が100体以上存在します、そしてA級相当の龍が1000体、所せましと飛んでいます。崩壊を起こして黒く塗りつぶされたキューブの周辺にね。それを踏まえた作戦ですが……」

作戦会議はお昼過ぎまで行われた。

「以上です、質問あればお答えしますが……」

そこから質疑応答の時間。

アメリカ、中国、双方のリモートでつながる実力者が次々と質問する。

田中はどちらの言語にも対応しながら、質問に答えていく。

戦力としては、日本が一番少ないが作戦立案から管理まではすべてアヴァロンが担っているからだ。

名目上は日本への支援という形を守る必要がある。

「大体出揃《でそろ》ったようですね、では第一回龍の島奪還作戦会議を終了します。次回は二週間後で」

田中がそういって今日の会議を閉めようとした時だった。

「あ、そうそう、最後に別の議題ですが1つお聞きしたいことがあったんですよ。これは多分スター中将も気になっているかと」

中国代表の李が手を挙げる。

アメリカ代表として来ているスター中将も気になっていることだと言われ、スターも李を睨《にら》むように見つめる。

「なんでしょう、李代表」

「スター中将の部下だったとか。アルフレッド中佐のことです、あのS級覚醒者の」

その発言に、田中は理解する。

今この李が議題に上げようとしているのは、あの黄金のキューブのことだと。

そしてそれは案の定。

「黄金のキューブ。日本が秘匿しているあの金色のキューブについてです」

「秘匿？　それに関しては書面で、全て回答したはずですが？　強力な魔物がおり、討伐したことでキューブは消滅したと。アルフレッド中佐は最後まで奮闘されました。犠牲は多かったですが……私とみどりが生き残った」

「……そうですね、そう報告されています。まぁキューブが消えてしまいましたし、死人に口なし。私達としては信じるしかないのですけどね？」

田中の回答に李は、薄ら笑いを浮かべている。

あの日の出来事の真相を知るのは当事者、そして会長のみ。

灰に危険が迫らないようにという、田中の情報操作だった。

しかし唯一、一点だけ隠し切れない事実が残っている。

それは田中にとっても痛恨だった。

だが、あの時は死んでしまったと報告するしかなかったのも事実。

そして案の定、李はそれを指摘する。

「では、1つだけ。あなたとみどりさん。生き残ったのは2人だけ……のはずでしたよね？　では……天地灰《あまち》……なぜ彼は突然生き返ったのですか？　書類の不備？　ありえない、キューブから現れたのはあなた達2人だという証言もある。ましてや最初の報告には死亡となっています。妹さんも遺族病棟に移された。状況証拠はあるのです」

（……そこまで調べたのか）

田中と景虎《かげとら》によって、証拠となるような資料などは全て隠蔽した。

しかし人の口に戸は立てられぬ、死亡処理した職員、病院のナース、キューブを警護していたものなどから漏れる可能性は十分にあった。

黄金のキューブに関して中国は執拗《しつよう》に調査を続けていた。

日本が隠し通そうとしているそのキューブについて。

そして田中と景虎が隠そうとしているその少年についても。

そして李はもう一度にっこり笑って田中に問う。

「……さぁ、説明願えますかな？　天地灰、生き返ったアンランクの正体を」

田中の額に冷たい汗が流れる。

◇一方　龍園寺邸
「……うん！　すごいうまいよ、このラザニア！　プロの味だ！」

「よ、よかったです!!」

（頑張って練習してよかった……最初はおじいちゃんには糞《くそ》まずいって言われたけど……）

彩《あや》の渾身《こんしん》の料理であるラザニア。

昔祖母が作ってくれたのを思い出し、一週間、練習に練習を重ねた。

他にも洋風の料理が並ぶが、どれだけの材料がこの一週間、練習と称して景虎の胃の中に入ったかは言うまでもない。

元々研究者気質の彩は、本気を出せばミリ単位、グラム単位で調理することぐらい朝飯前。

世の中にはレシピというものがある、ならば練習しさえすれば彩の敵ではない。

ただしそれまでは、料理？　そんなもの栄養を取れれば十分ですという扱いだったため、したことはない。

「彩……料理なんてしなかったのに、いきなりどうして？」

そして空気の読めない少女が一人質問する。焦るように彩は訂正させる。

「す、するわよ！　な、なにいってるのよ、レイナ。忘れたの？」

彩は必死に灰《かい》にばれないように目配せをする、しかしレイナに届くわけもない。

だがレイナもそんなことはどうでもいいので深く考えないことにした。

「……そう。でも彩。美味《おい》しい……」

「ふぅ……よかったわ、あなたがこんなんで」

少し冷や汗を流しながらも彩は作戦の成功に心でガッツポーズをしていた。

あれからネットでたくさん情報を仕入れた彩は、まずは胃袋を摑《つか》めという記事を参考に料理をしてみることにした。

作戦は成功したようで、灰は彩への認識を改めていた。

「知らなかったけど彩は料理が上手なんだね、毎日食べたいぐらいだ。最近コンビニ飯ばっかだったから」

「い、いつでも食べに来てください」

「彩……私ももっと食べたい。おかわり」

「レイナ、今まで気にならなかったけど……なんでそんだけ食べて太らないのよ……」

灰もレイナの目の前に詰みあがっていく皿を見る。

もぐもぐ、黙々と食べる姿はまるでリスのようにかわいいが、食べる量は尋常ではない。

フードファイター？　そう思うほどには食べている。

「胸？……」

その言葉に彩はレイナの胸を見た。

そして自分の胸を見る。

そして自分もこの細さにしては大きい方だと思うが、レイナとは比較にならない現実に少し落胆する。

ポテンシャルの差かと現実を突きつけられて少し暗い気持ちになる。

「もしかしたら……たくさん動いてるからじゃない？　俺の筋肉みたいに」

「そういえば……レイナは世界最強の女だったわ」

「2人とも細いけどね……彩なんてモデルみたいだよ、すごいと思う」

「そ、そうですか？　ちなみに灰さんは細いほうが好きですか……」

「え？……うーん、健康的なのが一番かな。彩は細いのに健康的ですごいなと思う、レイナは……」

(肉感的というのか……むっちりした太ももと、むっちりな胸。正直俺はこちらのほうが好みなのだが……それをいうと火に油な気がするので黙っておこう)

「灰さん、今どこ見てました？」

「え!?　いや、どこも？」

「レイナを見ながら目が黄金色に輝いてましたけど……」

「あ、あぁ！　レイナのステータスをね、レイナのステータスを見てただけだから!!　決して邪《よこしま》なところは見てないから！」

「はぁ……灰さんのせいでどんどん私、嫌な女になっていく……これがいわゆるメンヘラ」

　彩は小さな声でぼそっとつぶやく。

「なんて？」

「なんでもないです!!」

「灰、ステータスって？」

　つい口が滑った俺の言葉にレイナが反応する。

　俺はしまったと思い、とりあえずゲームの話と適当にはぐらかしたがレイナは特に気にしていない様子で話は流れる。

（それにしても……これがレイナのステータス。世界最強の女の実態か……）

　俺は再度眼を黄金色に輝かせ、レイナを見た。

　そこには世界最強レベルの魔力を持ちながらも、実力はＳ級でとどまるレイナの秘密が記されていた。

　これがレイナのステータスか。

　前、車で送ってもらった時は話すことで精一杯でよく見れてなかったけど……。

　俺はレイナを見つめる。

そして映し出されたのは、化物じみた魔力とそれでもその力を生かせない理由。
俺が見た魔力量で断トツの1位。
しかもその力は、デバフされているという事実。

名前：銀野《ぎんの》レイナ
状態：封印
職業：聖人【覚醒】
スキル：光の盾、光の刃
魔　力：７３４５６０
攻撃力：反映率▼20％＝１４６９１２
防御力：反映率▼20％＝１４６９１２
素早さ：反映率▼20％＝１４６９１２
知　力：反映率▼20％＝１４６９１２
装備
・封印（装備によるステータスの変更はできません）

「封印……」

俺はその状態の封印に集中し、詳細を見た。

封印という状態が人為的なものなのか、生まれた時からなのかはわからないが、デバフ効果であるのは確定している。

属性：状態
名称：封印
入手難易度：――
効果：魔力を封印し、封印した分だけ自身の魔力とする。
　また封印対象の反映率を20％に固定する。
説明：封印術のスキルを持つ覚醒者によって施される。
解除方法：封印を施したものが死ぬ、もしくは解除する。

「……解除してあげたいけど、封印をした奴《やつ》が死ぬ。一体だれが……それに職業は聖人、これも覚醒。彩と一緒……」

封印されて魔力74万ってもしかしてレイナは実は超越者なのか？

超越者と呼ばれるこの世界の頂点達《たち》。

S級の枠を超え、世界に5人しかいない最強の覚醒者達と同じ……。

「どうしました？　灰さん？」

レイナを見つめて暗い顔をする俺に彩がどうしたと聞いてくる。

レイナにはこの眼《め》のことは言っていないので後で彩に聞いてみることにした。

「あとで話すよ、それより景虎会長は？」

「まだ会議が長引いているかと……今日は龍の島奪還作戦の会議と聞いてます」

「……そっか、それもあるから俺も強くならないと」

俺は景虎会長に参加してほしいと言われたことを思い出す。

参加する大義はないし、理由もない、命の危険もある。

でも俺は参加しようと思っていた。

理由はと聞かれると、景虎《かげとら》会長から参加してほしいといわれたことがある。

力のある者の責任、とまぁかっこいいことを言えばそうなるがレイナが参加するのなら俺はできれば参加したい。

「灰も参加するの？」

「そのつもり」

レイナが参加するのに、ただ待っているのでは俺の心が許さなかった。

俺は彼女に命を救われている、なのに彼女が危険な戦いにいくのに傍観はできない。

昔と違って俺にはこの眼と力があるのだから。

ましてや本当の力を封印されているレイナではもしかしたら何かが起きてしまうかもしれない。

だがそうなると、S級下位程度では無理かもしれない。

守りたいのに、守られるのが関の山。

なら俺はまだまだ強くならなければならない。

B級キューブを攻略するか、もしくはA級キューブを。

「クラスアップチケットもやらないと。スキルは破格の性能を持ってる。強くなれるはずだ」

俺は一人つぶやいた。

お昼を食べた俺達は待機しているが、一向に景虎会長がくる気配はない。

なので俺はレイナと世間話をしようと思った。

「レイナが高校の時にダンジョン崩壊に巻き込まれた中学があるの覚えてる?」

「わからない……要請があったところの敵は倒してた」

「そ、そか……」

俺は中学生のころレイナに救われている。

だがレイナは一切覚えていないようだった、相手が覚えていないことに対してありがとうというのもな。

……と思っていたら扉が開く音と大きな声が聞こえてきた。

「すまん！　遅くなった!!」

俺達はすぐに出迎えるように玄関へと向かった。

そこには会長と後ろに2人の男。

一人は田中《たなか》さん、そしてもう一人は初対面だが、あまりに有名すぎるその男を見て叫ぶ。

「て、天道龍之介《てんどうりゅうのすけ》!?」

日本最強戦力、名実ともに世界トップクラスの攻略者。

アヴァロンのエースであり、代表でもあるまるで傭兵《ようへい》のような男だった。

筋肉もりもりで、横の会長よりもガタイがいい。

無精ひげとボサボサの髪、たばこを咥《くわ》えてだるそうにタンクトップを着ている。

腰には真っ黒な剣を差し、まるで侍なのだが侍というよりは傭兵だった。

「あぁ？」

俺が呼び捨てにしてしまったからなのか、人を殺しそうな目で俺を見つめる。

「す、すみません。はじめまして、天地灰《あまちかい》です。天道さんの噂《うわさ》はかねがね……」

俺はへりくだった。

正直めちゃくちゃ厳《いか》ついし、怒らせたら殺されそうだと思った。

天道さんが眉間にしわを寄せながらゆっくり頭を下げる俺のもとへと歩いてくる。

咥えていたたばこを手に取った。

「そんな昔の不良じゃあるまいし……」

俺は思った、多分根性焼きだ。

たばこを押し当てて、根性を確かめると聞いたことがある。

しかしそうではなかった。

天道さんはその分厚そうな自分の手にたばこを押し付けて自分で消した。

熱そうだが、魔力が守ってくれているのだろうか。

そしてその逆の手で俺の頭を摑《つか》む。

「あぁ、お前が一誠《いっせい》さんと会長がいってたガキか。よろしくな、俺は天道龍之介だ。まぁ仲良くやろうや」

俺は頭をわしづかみにされたが、わしゃわしゃと優しくなでられた。

それに思っていたよりずっと優しい言葉も掛けられる。

「灰君。龍之介は見た目は怖いが面倒見のいい兄貴のような男だよ。安心して」

田中さんが少し笑ったように俺に言った。

「一誠さん、俺ってそんな怖いっすか？　おい、レイナ、彩《あや》。俺怖いか？」

頭をボリボリとかきながら困ったような表情で天道さんは、彩とレイナに聞く。

「龍さんは怖いですよ。初めて会った小学生の時私は泣きました。食われると思いましたね」

「龍は……オーガみたい？　強そう」

「まじかよ、傷つくぞ……ひげか？　このひげのせいか？　剃《そ》るか……」

そういって髭《ひげ》をじょりじょりと困ったように触る天道さんは、少し可愛《かわい》くすら見える。
見た目は怖いが、とても中身は温かい優しい人なんじゃないかなと俺は思った。
（それでもこのステータスはビビるよ……）

名前：天道龍之介
状態：良好
職業：侍【上級】
スキル：覇邪一閃《いっせん》、居合切り、看破
魔　力：535740
攻撃力：反映率▼50％＝267870
防御力：反映率▼50％＝267870
素早さ：反映率▼50％＝267870
知　力：反映率▼25％＝133935
装備
・黒龍宝刀＝攻撃力＋50000

そのステータスは化物だった。

魔力53万、どこぞの宇宙の帝王並みに強いな。

魔力量でいえばレイナのほうが多いのだが、それでも反映率によってレイナを上回っている。

正真正銘、世界の頂点達の一人に数えられる。武術においても日本最強、相当な達人と聞いている。

今の俺では相手にならずに敗北するだろう、にしてもすげぇ。

「なんか強くなった気がしてたけど……上には上がいるって感じだな」

小さくつぶやく俺を見て田中さんと会長は笑う。

きっと俺がステータスを見たことに気づいたんだろう。

俺達はそのまま応接室へと戻った。

「それでじゃ、今日話した内容じゃがな」

全員が席に着き景虎会長が口を開いた。

だが俺が割り込むように手を挙げて発言する。

「そのまえに会長いいですか？　龍の島奪還作戦ですけど……俺は参加したいと思います。すみません、返事が遅れて」

俺は事前に考えておいてくれと言われたことを全員の前で答えた。

「命の保証はできんぞ？　いいのか？」

「覚悟はできてます、ですが死ぬつもりはありません。俺の力が必要かもしれませんし」

「……そうか。実は期待はしとったが……ありがとう、灰君。日本の代表として感謝する。じゃあ心置きなく話せるな。今日我が国から3名参加すると中国とアメリカに伝えておいた！　レイナ、龍之介、灰君。この3名じゃ」

そして会長は俺にウィンクする。

「灰君なら行くと言ってくれるとおもっとったぞ。というかほぼ決まっておったじゃろ、心の中では」

「はは……そうですね、正直S級キューブ。少し好奇心もあります、やっぱり俺、心から攻略者みたいで。ワクワクもしてます」

俺は本当のことを言う。

B級はすでに敵ではない。

A級ですら今の俺ならそこまで苦戦しないだろう。

でも俺はヒリヒリした戦いは好きだ。

死にたくないと言っていたのに、よくわからないことを言っていると自分でも思う。

でも俺は強くなっていく自分が好きだった、自分の意思で世界が変わることが楽しかった。

「ガハハ、いいのう、いいのう！　若さじゃのう。……田中君やっぱり儂《わし》もいきた――」

「だめです」

会長がテンション高く、作戦に参加すると言いそうになるが田中さんが止める。

「――厳しい。儂もみんなと一緒に戦場を駆けまわりたいのぉ」

「そんな声を出してもだめです。あなたはこの国のトップなんですよ？　なにかあったらどうするんですか！」

「その時は、田中君を会長に推薦しておく。どうじゃ、そろそろ協会に戻ってこんか？」

「残念ながら私は民間のほうが向いているようなので、嫌ですね」

「はぁ……有能な人材はみんな民間に行ってしまうのぉ……深刻な人材不足。やはり灰君を……」

「はは、灰君は我がアヴァロンの期待の新人なので、それもだめですよ。若い者達《たち》の台頭を喜びましょう、会長」

そういって田中さんは泣きそうになる会長の背中をさする。

こう見るとただのおじいちゃんのようだな、ただしガタイが良すぎるが。

「で話を戻すとだね、その作戦は一月後となった。ならば行くだろ？　灰君」

「え？　何がですか？」

「そりゃ決まっている……それまでに強くなるために。日本に3つあるA級キューブ、時期的に今なら……」

ニヒルに笑う田中さん、眼鏡の奥が怪しく光る。

そして告げられたのは、期待していなかったというと嘘《うそ》になる言葉。

「沖縄だ」

第六章 ▼ A級キューブ IN 沖縄

The Gray World is Coloerd by The Eyes of God

◇一週間後

残暑残る夏、エメラルドグリーンの海と晴天の空。

東京のコンクリートジャングルに比べれば、むしろ涼しいとすら思える気温。

時刻は12時、太陽が真上に昇った頃。

俺達は沖縄に来ていた。

会長の家で話し合った一週間ほど先。

A級キューブを攻略するために沖縄へ。

俺はその間、B級キューブをたくさん攻略し、さらに力を増していた。

そして今は空の旅を終えて海岸沿いを歩いている。

「わぁぁぁ!!　お兄ちゃん綺麗《きれい》！　綺麗!!　みてみて!!　海が透き通ってる！　東京湾とは違う!!」

「こらこら、凪《なぎ》はしゃぐ――いや、盛大にはしゃげ。数年分ははしゃげ、兄ちゃんが許す。全力で楽しめ」

「さっすが!!　早くホテルに荷物置いて泳ごうよ!!」

凪が俺の腕を引っ張る、まるでリゾート気分だが、正直俺も少しリゾート気分だ。

俺が沖縄にいくと告げたら、凪が行きたいというので連れてくることになったのだ。

随分と顔色もよくなって、もはや可愛さは全盛期。

何よりおしゃれをして可愛さは倍増、髪はツインテールで黒いリボン。

露出多めの足に長めのロングTシャツはまるで下を穿《は》いていないかのよう。

黒いブーツは分厚い厚底で身長を精一杯伸ばしている。

メイクも覚えたようで、いわゆる病みメイクというらしい。

お兄ちゃんは詳しくないが、可愛いから良いと思うぞ。

せっかくのリゾートだ、楽しもう。

といっても別に遊びに来たわけではない。

目的はA級キューブの攻略だ。

時期的には、そろそろダンジョン崩壊を起こしてしまう可能性があるので、アヴァロンが対応を受け持ったらしい。

なので、実はこの旅行、旅費はアヴァロンの経費で全て落ちている。

もちろん凪は違うので俺が払ってあげるのだが。

「灰さん、龍さんや田中《たなか》さんはもう先にホテルについているみたいですので、私達も行きましょう」

そういって俺と一緒に空港に降り立ったのは彩。

麦わら帽子に黒の肩だしワンピース、お嬢様という雰囲気がとても似合っているセレブという感じ。

AMSの資料については完成し近々海外と共同で、臨床試験を行うらしい。

さすがに、凪のようにいきなり治療するわけにはいかないとのこと、細かいことは正直わからんがそういうものらしい。

この旅行が終わったあと世界中に彩の名で、アッシュ式として世界中に公表されることになるだろうな。

「おじいちゃんはかわいそうだけど仕方ないですね……」

景虎《かげとら》会長は仕事でこられずとても寂しがっていたが、彩だけは一緒に来ることになった。

俺と一緒にいたほうが安全だということだ、それに彩自身すでにS級として恥ずかしくないステータスなのだから。

しかもここ沖縄には、俺だけではない。

天道龍之介《てんどうりゅうのすけ》、日本最強の男も先に到着している。

それと、もう一人。

「彩、熱いわ……その麦わら帽子貸して」

汗だらだらの銀野《ぎんの》レイナも一緒なのだから。

彩と対照的に、真っ白な肌を露出するラフな格好で銀色の髪、そして日差しでとろけそうになっている。

ぐでってしているレイナは少し可愛《かわい》い。

「だから言ったじゃない……もう、ほら貸してあげる。熱いの苦手なのに」

「私半分雪国のハーフだから……暑いのだめ」

「関係ないわよ、ほとんど日本で生きてきたんだから。はい、どうぞ」

そういって彩《あや》は自分の麦わら帽子をレイナにかぶせてあげる。

年齢的にはレイナのほうが2つ上なのだが、どちらかというと彩のほうがお姉さんに見えるな。

「ありがとう、彩」

いや、妹に頼りきって何もできないダメな姉という見方もできる。

少しだけレイナのことを知ると、生活力が終わっているという事がわかった。

寝たいだけ寝て、食べたいだけ食べて、服は散らかしっぱなし、俺がいるのに普通に下着で歩き出すし。

感情の起伏が起きない、下手すると俺が胸を揉《も》んでも何も反応しないぞ、試してもいいかな……。

「じゃあ、どうする？　タクシー？」

「そうですね、ちょうど4人ですし」

ということで、俺達は俺、彩、凪、レイナの4名で沖縄に来ていた。

A級キューブを攻略するのは、レイナと天道さんと俺の3人。

ダンジョンポイント的に言えばA級に対してS級3人なので十分な戦力と言える。

それに2人はベテランだ、俺なんかよりも修羅場をくぐっている。

俺達はそのまま那覇空港からタクシーにのってホテルへと向かう。

確か夢野リゾートという大手総合リゾート運営会社が経営している沖縄でもトップ5には入るホテルと聞いている。

正直楽しみだ、贅沢《ぜいたく》な旅行など一度もしたことはないのでワクワクしている。

俺達はタクシーに乗って、ホテルへと向かう。

前に俺、そして後ろに女の子3人。

後ろを振り向くとなんていい光景だ、全員がS級美女、凪は2人の間にいてもとても可愛い。

きゃぴきゃぴしていて、見ているだけで幸せだ。

彩は18歳、凪は14歳、レイナは確か二つ上なので20歳。

「お客さん、観光ですか!?　ハーレムですね!!　めちゃくちゃ美人さんばっかりじゃないですか！」

タクシーの運転手のおっちゃんが陽気に話しかけてくる。

全員真っ黒に日焼けしてサングラス、さすがは沖縄のタクシー、むしろ雰囲気がある。

休みの日はダイビングばかりしてそうだ。

「はは、そうなんですよ。全員俺なんかとは比べ物にならないぐらいの美女ばかりで」

「いやいや、お客さんも相当かっこいいですよ？　せっかく沖縄にきたんです。楽しんでいってくださいね！」

俺達はそのままタクシーでホテルへと向かう。

海沿いの道が美しく、エメラルドの海が日差しで光る。

久しく海水浴などしていなかったので、俺も楽しみだった。

「……ここか、すごいな」

俺達がついたホテル、夢野リゾート『夢の沖縄』。

「きゃぁあ!! リゾートホテルだぁぁ!! お兄ちゃん、早く早く!!」

凪がその高級ホテルの佇《たたず》まいからすでにテンションを振り切った。

海に隣接しているホテルは、まるで南国のようなビーチが目の前にあり、ホテル専用ビーチは人が溢《あふ》れるこの時期にあってほとんど人がいない。

殆《ほとん》ど貸し切り状態といってもいいほどに、白い砂浜と波打つ海を独占できる。

俺達はそのまま受付を済ませようとロビーへと向かった。

「やぁ、空の旅お疲れ。みんな」

そこにはいつものスーツ姿で仕事のできるエリートサラリーマンではなく、オフの日という感じのサンダルと短パン、アロハシャツの田中さんがいた。

こういうのをＧＡＰというのだろうか、とても似合っていていつもよりかっこいいなと思った。

「田中さん！」

「アヴァロンの名前で受付しておいで、一番良い部屋だからね。いわゆるスイートというところだ。二人部屋2つでよかったのかい？　どうせなら一部屋で楽しめばよかったのに。ハーレムを」

「ははは。さすがにもう俺達高校卒業してますからね」

少し親父《おやじ》っぽいセリフを吐いてぐふふと笑う田中さん。

どうせならそうしてほしかったが、さすがにそうしてくれとは俺の口からは言えなかった。

「この度はお邪魔して申し訳ありません、田中さん！　お世話になります！」

「いやいや、君はお兄さんのお金で来たんだから。私が払うと言っても強情なお兄さんには断られたしね、優しくてかっこいいお兄さんだ」

「はい！　自慢の兄です！　大好きです！」

「恥ずかしいからやめてくれ」

「はは、兄弟仲むつまじくて羨ましいよ。レイナ君は彩君と同じ部屋だよ。受付が終わったら着替えてビーチへおいで。お昼にしよう」

「はい！」

俺達はそのままホテルの受付へと向かった。

案内された部屋へと向かう、俺と凪と彩とレイナ。

こういう時お約束ならば同じ部屋なのにと思うのだが、残念ながら高級ホテルでそういった手違いはなく、田中さんがミスするわけもなかった。

「じゃあまたあとで」

俺と凪はレイナ達《たち》と別れて部屋に向かう。

扉を開けた先は、これがスイートかと呼べるほどに広かった。

「でも、億ションの我が家を見てからだとまぁまぁねって気持ちになっちゃうね」

「そうか？　俺は十分すごいと思うけどな、みろ、ハンモックまであるし部屋の中なのにあの南国っぽい木もあるぞ。どこにでもあるな、あの木」

俺達は部屋の中を少し探索する。

部屋は二人部屋だが、基本はカップル用なのだろう。

確かに世間一般では兄弟二人で旅行に行くなどあまりないことだろうな。

でもうちの凪は世界一可愛いから俺は普通に行くぞ。

断じてシスコンではない、妹が好きなだけだ。

「お兄ちゃん！　水着に着替えるからこっちきちゃだめだよーー」

「わかった！　俺も風呂場で着替えるよ」

俺達はそのまま水着に着替える。

俺は短パンにパーカーを羽織る、前を開けばムキムキのシックスパック。

うーん、いつみてもキレテルキレテル、大根がすりおろせそうだぜ。

っと、前と同じ失敗を繰り返しそうになる俺は凪《なぎ》の着替えを待って、部屋に戻る。

「……天使」

そこには天使がいた。

まだ中学2年生、それでも女らしさと幼さの両方を兼ね備え白い肌はまるで天使。

胸は少しつつましいが、それがいい。

黄色いフリフリの水着と下はデニムの短パン。

妹とはそういうものだ、巨乳の妹もまぁ悪くはないのだがそれでも凪はすべてにおいてパーフェクトなのでつまり貧乳はステータスということだ。

「もう、変な事いわないで！」

「似合ってるぞ、これでビーチの視線は釘付《くぎづ》けだな！」

「レイナさんと彩さんがいるのにバカなこといわない。ってかお兄ちゃん腹筋すご……触っていい？」

「いくらでもどうぞ」

「うわぁぁ……実の兄でなければ性的魅力を感じるところだね！」

「これでも攻略者だからな！　とりあえずビーチにいこっか。腹減った。田中さんがBBQだって」

「うん！　楽しみ！」

そして俺達はそのままビーチへ向かう。

彩とレイナを待とうとしたんだが、凪に無理やり連れていかれる。

そういうものは砂浜で見せたいものだからと言われたがどこで見ようと一緒では？
俺達はそのままホテルが運営するプライベートビーチへと向かう。
そこには。
「……なんで？」
本来いるはずのないキン肉マンがいた。
「なんでいるんだ……」
俺と凪がビーチへと向かう。
そこの一角で、遠目から見ても圧倒的威圧感を醸し出す2人がいた。
パラソルの下、バーベキューの準備をしている2人と一人。
一人は田中《たなか》さんだ、相変わらずバーベキューが好きだな。
俺も好きなので嬉《うれ》しいし、こんな海辺でやるバーベキューは最高だろう。
問題は残り2人。
一人はブーメランパンツにムキムキの体。
胸毛も生えて、胸には銀色のシルバーネックレスを下げ、無精ひげが生えている。
厳《いか》つかった。
まるで軍人のような、傭兵《ようへい》のような男。
それは天道龍之介さんだった。
遠目からでも、一発でわかる、なぜなら周りの観光客がおびえて距離を取っているからだ。

あの人有名人で顔も知られているはずなのに……ってかブーメランパンツって……笑ってしまいそうになる。

そして、もう一人。

天道《てんどう》さんに比べれば少しだけ体格が悪い。

体格が悪いというとまるで貧弱なようだが、そんなことはない。

まるでプロレスラーのような体格をしている、ただし年齢は70代を超えて白い坊主頭のお爺《じい》さん。

サングラスに短パンとアロハシャツが似合うハイカラで世界最強のお爺ちゃん。

「おぉ！　灰君《かいくん》！　きおったのぉ!!　凪ちゃんも初めましてかの？　楽しんでいこう！」

「は、はじめまして!!」

「なんでいるんですか、会長。お仕事は？」

「うんうん、よろしくのぉ！　仕事か？　なに、こんなおいぼれ一人いなくても仕事は回る。優秀な部下ばかりじゃからな……大丈夫じゃろ、多分」

◇一方　ダンジョン協会日本支部。

コンコンコン

「会長入ります、椿《つばき》です。彩《あや》さんと旅行にいけずに残念とは思いますが――」

扉を開けて会長室に入る椿。

A級攻略者でもあり、協会職員であり覚醒犯罪対策課のエース。

彩と灰が倒した滅神教徒《めつじんきょうと》を引き取った職業パラディンのキャリアウーマン。

会長の懐刀とすら呼ばれる協会の中でも屈指の実力者。

その椿が会長に相談したいと業務中であるはずの会長室に会いに来た。

そして扉を開く。

「——先日の滅神教《めつじんきょう》の3人についてご相談したいことがあるのですが……」

そして気づく。

後ろの窓が開いていることに、まるで泥棒に入られた後のように。

だが椿にはわかった。

この会長がいる部屋に泥棒が入るはずなどない。

そんなのは自殺行為だ、景虎《かげとら》会長を倒せる人など世界でも数える程度しかいないのだから。

つまり。

「あんの道楽じじぃぃ!! 仕事ほっぽって遊びにいきやがったぁぁ!!」

◇灰視点
「という感じで、儂《わし》は今日一日はバカンスするつもりじゃ。やはり上司が率先して休まねばみんなが休めんからな」

会長が絶対帰らんぞという強い意志を俺達に見せている。

一見とてもまともな意見のように聞こえるが、その上司のしりぬぐいをされている部下の人を思うと涙が出てくる。

田中さんが少し遠い目をして火の準備をしながらつぶやいた。

「椿君に怒られても知りませんよ。先ほど電話がかかってきましたが明日には絶対に帰してくださいと怒ってました」

「明日のA級キューブ攻略を見届けたら帰る予定じゃ。それまで帰らんぞ！　久しぶりの旅行なんじゃ！　儂だってもっとみんなと遊びたいもん」

「もんじゃないだろ、じじい。とりあえず坊主。相手してやってくれ」

「はは、俺でよければ……」

俺としては会長のことは好きだし賑《にぎ》やかになるので嬉しい限りではあるのだが。

A級攻略は明日の予定となっている。

当日到着でもよかったのだがどうせなら前日INして遊びたいというのが若い俺達の本音。

それを見て察した田中さんが計画してくれたが、こういうセッティングをさらっとできるかっこいい大人になりたいものだ。

「おぉ？　女性たちが来たぞ。灰君、わかっとるな？　褒めるんじゃぞ？　お世辞でもな。

できれば彩をべたべたに褒めるんじゃぞ……」

「あの2人にお世辞なんていりませんよ、本心から言えま——」

俺がバーベキューの準備をしながら振り向いた先、そこには2人の美女がいた。

彩とレイナ、どちらも系統は違うが圧倒的に美女だった。

スレンダーで細くまるでモデルのような彩。

真っ黒な髪を海仕様なのかアップさせ、花の髪飾りを着けている。

黒のビキニで足元には花柄の真っ赤なスカーフのようなものを巻いている。

優雅で綺麗《きれい》、同じ18歳とは思えない。

まるで海外のセレブがビーチで過ごすかのように。

サングラスまでつけていて、黒と赤のコントラストは、沖縄の海と相まってまるでハイビスカスのよう。

そしてもう一人。

正直に言おう、俺はその胸に視線がいってしまったと。

銀色の髪と彩の麦わら帽子をかぶり、彩とまるで対照的な白いビキニ。

しかしハーフゆえの発育の良さが日本人らしい彩とは違って出るところは出ている。

一体何カップなのかわからないが、なぜあれほど大きくて腰は細いのか。

綺麗は綺麗だが、どちらかというと性に直撃してくるような威力を感じた。

その威力は俺の本能を直撃し、視線を釘付けにする。

スキル『挑発』でもこれほどの力は持っていなかった、なんて強制力！

「ふ、2人ともすっごい綺麗だ」

俺はそれでも言われたとおりに褒め言葉をひねり出す。

「ありがとうございます。とても嬉しいです、私の顔を見ていってくれてたらですけど！」

しかし彩には気づかれていた、少し不機嫌にそっぽを向く彩。

そしてレイナにももちろん。

「灰……私の胸……ずっと見てる？　何かついてる？」

「し、失礼しました!!」

俺はそれでも動こうとしない自分の顔を両手で持ち、全力でひねって視線を変える。

神の眼《め》をもってしても、抗《あらが》えないその力に鋼の意志で首を曲げた。

数多《あまた》の死線をくぐり抜けてきてよかった、もう少しで意識が持っていかれるところだった。

「灰君……0点じゃ……いや、もう落第じゃ……」

会長が頭を抱えて、悲しそうにつぶやいた。

それから俺達はバーベキューを楽しんだ。

美味《おい》しい肉と青い空、エメラルドの海に白い砂浜、綺麗な女性。

最高の時間を俺は過ごしたといってもいい。

「そういえば明日のキューブって天道さんとレイナは攻略したことあるんですか？」

「あぁ、俺とレイナはよく攻略してるからあんまり緊張感もねぇ、だからそんなに気ばんなくてもいいぞ。まぁ気抜いたら死ぬけどな」

「灰、中は複雑。私の傍《そば》から離れないで」

「わ、わかったよ。でも俺も一応Ｓ級だからな、負けられない。戦うよ」

俺が拳をにぎっておんぶに抱っこは許さないと覚悟を決める。

それにもし可能ならＡ級もソロ攻略したいと思っている。

まだ条件は見ていないがきっと完全攻略はソロ前提なのだろう。

俺は決意をもってレイナを見る。

また胸に視線が行きそうになるが必死にこらえて太ももへと視線を何とか誘導する。

うん、正直こっちもむっちりしててエッチだ。

(……？　傷？)

俺が太ももを見ていると、レイナの足にはまるで剣が貫かれたような傷があった。

だがよく見ると、右の太ももと右の二の腕あたりにもあった。

正直ほとんど目立たない、俺が凝視しなければ気づかなかっただろう。

(何の傷かな……)

「そういえば灰君。この攻略が終わったら君を６人目のＳ級として正しく登録しようと思っている。世間の目に晒《さら》されることになると思うけどいいかい？」

「え？　それって……」

「あぁ、日本に景虎会長、龍之介《りゅうのすけ》、レイナ君、彩君、そして君は面識はない天野弓一《あまのゆみいち》君の5人のS級。その6人目として発表するんだ。龍の島奪還作戦に参加するからね、もはや隠すことはできない。そして君はもう――」

田中さんが俺の肩を叩《たた》き、優しく笑う。

「――隠れなければならないほどに弱くない。よくぞ二月ほどでここまで来た。とても嬉しく思う」

「田中さんの助力のおかげです。本当にありがとうございました！」

俺は田中さんに感謝を述べながら、肉を焼く。

思い起こせば遠い道のりをほんの数か月で歩いてきたものだと少し感傷に浸っていた。

◇灰達《たち》と少し離れた場所

灰のさきほどの失態で少しだけむくれている彩と横に座る凪《なぎ》。

「ねぇねぇ、彩さん！　彩さん！」

凪が彩を呼び手を引っ張る。

「な、なに？　凪ちゃん。どうしたの？」

彩と凪は仲がいい。

凪としては自分の命を救ってもらった彩に恩義を感じているし、入院中もよくしてくれた。

少しお姉ちゃんってこんな感じかな？　という気持ちで接している。

なので凪は結構彩に懐いている。

そして彩のほうはというと、凪を気に入っている。

彩にとっては思い人の妹さんだし、灰に目が似ている。

それだけで彩としては凪を気に入るには十分すぎる要素だった。

だがそれを踏まえても凪の可愛《かわい》くて心優しい人格に好意を寄せているのは間違いない。

灰のことを好きになったのはその性格が原因であるように、同じような性格の凪を好ましく思っている。

彩にとっても凪を妹のように少し思っているし、本当にそうなれば嬉《うれ》しいのにと。

「ちょっとだけこっちきてください！」

「え？　いいけどどうしたの？」

凪は彩を連れ出して灰達から少し距離を取る。

そして凪は彩に耳打ちをした。

「彩さんって――」

「ん？」

「――お兄ちゃんのこと好きなんですか？」

「な、な、何を言ってるの!?　凪ちゃん！」

「大丈夫です、お兄ちゃん以外は多分わかってます。彩さんわかりやすすぎですし。あ、レイナさんも気づいてないかな。あんな感じだし、お兄ちゃんが逆にレイナさんに対してわかりやすいけど。まぁあれは好きというより憧れですが」

「そ、そんなに？　わ、わかりやすい？」

「はい、もうお兄ちゃんのことずっと目で追ってるし、レイナさんと仲良くしてると不機嫌になるし、もう、すぐわかります！」

「……うぅ……」

「ふふ、で？　好きなんですか？　どうなんですか！　お兄ちゃんといちゃいちゃしたいんですか？」

「……そ、それは」

「彩さん！　白状してください！　お兄ちゃんとラブラブしたいんでしょ!!」

「……うぅ……は、灰《かい》さんのことす、す……」

「す？」

だが彩は次につながる言葉を言えなかった。

でも、こくりと真っ赤な顔で頷《うなず》いた、彩にとって精一杯ではある意思表示。

それをみた凪はにんまり笑う。

「ふふ、まぁいいでしょう。今日のところはそれで勘弁してあげます。それでですね、彩《あや》さん！　私協力します！」

「え？」

「私的にはレイナさんより、彩さんとくっついてほしいなって。レイナさんが嫌いなわけではないんですけどね！　でも彩さんには恩もありますし、それに私的には彩さんがお姉ちゃんって感じです！」

「な、凪ちゃん……」

「だから頑張りましょう！　ほら、手を！」

凪は彩に握手を求めてにっこり笑う。

「……じゃあ……お願い！」

凪と彩は手を結ぶ。

凪的には兄の灰は大好きだが、別に異性として見ているわけではない。

幼い頃からずっと面倒を見てくれたいわば親、それでも兄のために命ぐらい懸ける覚悟はあるのだが。

そんな兄がいつの間にかかっこよくなってこんなに良い人に惚《ほ》れられている。

ならばくっつけたいと思うのが妹心、そして。

「わくわくします！」

色恋は女の子の一番好きな話題でもあるのだから。

それが大好きな兄と、好きな彩となっては当然でもある。

◇灰視点

「あれ？　レイナ？」

バーベキューも終盤の頃。

俺はレイナが一人砂浜に立って海を見つめていたので、お肉をもって話しかけにいく。

「レイナ、どうしたのこんなとこ――!?」

麦わら帽子をかぶって海を見ているレイナ、だがその表情を見た俺は驚く。

なぜならレイナは泣いていた。

泣きじゃくるというわけでもなく、その無表情な氷のような目でそれでも海を真っすぐ見つめて涙を流していた。

一筋の光が静かに流れ落ちる。

「……お母さん」

悲しそうだった。

でもどこか懐かしいものを思い出しているかのような哀愁ただよう姿で銀色の髪をなびかせ立つ。

それはまるで一枚の絵画のようだった。

「レイナ……大丈夫？」

俺は恐る恐る、レイナにゆっくり話しかける。

「灰……なにが？」

「え？　なにがって……だって海を見て……お母さんって」

「お母さん？　わからない。でもここ……来たことがある気がする。さっきのホテルも。でもよくわからないの、遠い遠い記憶、きっと私が怖くて仕舞ってしまった記憶の中」

「そっか……」

景虎《かげとら》会長に聞いたことがある。

レイナは昔の記憶を封印している、それは思い出したら心が壊れてしまいそうな記憶だという。

それと一緒に感情も封印してしまったのではないかと。

「いつか……思い出せたらいいね」

「……うん」

レイナは一言だけ頷いて、そのままみんなのもとへと戻っていった。

俺は何か夢でも見たのかという錯覚に陥ったが、今のは本当に涙だったのだろうか。

その涙が印象的過ぎて俺はレイナのその表情が忘れられなかった。


バーベキューも終盤になり腹が膨れてきたころ。

凪と彩が何かこそこそやっているようだったが、仲良くなってくれてとても嬉しい。

彩は凪を妹のように面倒みてくれるので、俺としてはとても助かるし、凪の笑顔は幸せになれる。

あれ？　あんなに悪そうに笑うやつだったか？

「では……バーベキューもひと段落ついたということで……」

会長が一人立ち上がり、にやにやと笑いながら酸素を肺に取り入れた。

そして。

「ドキドキ！　沖縄の海でビーチバレー！　愛と友情とチームワーク活性化大作戦じゃぁぁぁ！！！」

いきなり大声で叫び出す。

「え？　ビーチバレー？」

俺が疑問に思っていると田中《たなか》さんと会長がこそこそと何かを取り出した。

それはよく見るビーチバレー用の球だった、青と黄色と白色のよく見るあれ。

「なんだ、じじぃのいつもの悪ノリかと思ったら一誠《いっせい》さんも一枚かんでるんですか」

「はは、提案は会長だけどね。だがチームワークを高めるために球技をするというのはとても理に かなっている、遊びを通して少し親睦を深めようと思ってね」

「あぁ、そういうことですか。それは楽しそうですね！」

そういう田中さんは、近くに立っていたホテルの従業員に話しかけたかと思うと、てきぱきとビーチバレーのコートが組みあがっていく。

元々計画していたようで、迅速に砂浜の一角を占領しビーチバレーコートが組み立てられた。

白い砂浜に真っ白なコートが引かれ、ネットがくみ上げられていく。

「ではルールを説明しよう！」

すると会長がそのボールを手にもって仁王立ちするようにルール説明を始める。

まるでボールがソフトボールみたいだなと思ったが、会長が大きすぎるだけだった。

「ルールは簡単、３ＶＳ３じゃ。基本的にはバレーと同じ、ボールをつないで敵のコートに入れる。触れるのは一回のみじゃぞ。勝利条件は２つ。11点先取か、もしくは――」

会長がそのボールを空高く上げて、見事なまでのサーブフォーム。

ムキムキなだけに少し気持ち悪いと思ってしまうが、綺麗《きれい》なフォームのまま天高く上がったボールを思いっきり。

「ぬらぁぁぁぁ!!」

叩《たた》き潰す。

パーーン!!

まるで爆弾が爆発したような音が海水浴場に鳴り響く。

全員がこちらをなにがあったのかと凝視する。

何が起きたかと思ったが、単純だった。

ボールがはじけ飛んだ。

文字通り、ものすごい力で叩かれたボールは空中で爆発した。

「――今のように、ボールを破壊したほうが負けじゃ。儂《わし》らが本気だすと地形が変わるからのぉ」

「なんだその脳筋ビーチバレーは……」

気づけば田中さんが爆音によって驚いている海水浴に来ていたグループに何か菓子折りのようなものをもって謝りに回っていた。

田中さんも大変だな……。


「では、はじめようか」

今俺達《たち》はコートの上に立っている。

3人のチーム分け、審判は田中さんだ。

「お、お兄ちゃん……私頑張る」

俺の隣には生まれたての小鹿のように震える凪《なぎ》。

俺と凪は同じチームが良いだろうということになった。

だが、先ほどの爆撃のようなスパイクを見て震えている、なぜこんな危険地帯に妹を連れてきてしまったのか。

せめて俺が守ってあげないと。

そしてもう一人のチームメイトは、彩だった。

不思議な力が働いたチーム分けのくじで、彩が俺と同じチームとなる。

ならば向こうは残り3名。

キン肉マン、キン肉マン2、そして美少女。

美女とムキムキの野獣達の日本最強のS級チームだった。

あのメンバーなら国すら落とせるだろう、なんでビーチバレーやってるんだ？

「では、双方スポーツマンシップに則《のっと》ってできる限り全力で。ただし地形を変えないように」

「ガハハ！　血がたぎるのぉ、龍之介《りゅうのすけ》！」

「楽しそうだな、じじぃ」

「おじいちゃん、楽しそう」

試合が始まる。

基本的に俺が受け取って、凪はトス。

そして彩にスパイクしてもらおう、それが一番危険が少ない。

なぜビーチバレーで危険かどうかを考えなければならぬのか。

「俺が受けるよ、彩」

「大丈夫ですよ。灰《かい》さん」

「え？」

「では開始!!」

すると会長がトスを上げて、スパイクを放つ。

「ではいくぞぉぉ!!　ぬらぁぁ!!」

その威力たるやまるでミサイル、轟音《ごうおん》と共に空気を押しつぶし隕石《いんせき》のような球が飛んでくる。

「こんなのもはや攻撃だろ!!」

俺はその落下位置へ走りこもうとした。

しかし、灰よりも早くそこにいる少女が一人。

「あ、彩《あや》!?」

彩がレシーブしようとしていた。

だが、あんな球無理だ、怪我《けが》をする。

俺が手を伸ばそうとするが、もはや間に合わない。

しかし。

フワッ
「え？　あがった!?」

「凪ちゃん！」

「はい！」

凪がトスする、俺はそれに合わせてジャンプをし、スパイクを打ち込み見事に得点を決めた。

レイナの真横にボールが埋まる。

「ぬぅ!!　やりおる！」

会長が悔しそうにしているが、俺も驚いていた。

「彩、すごいよ！」

「べ、別にこれぐらい普通です。昔バレーでリベロをたしなんでいましたし、今の私のステータスならこれぐらいは」

そういう少し照れている彩のステータスを見つめる。

名前：龍園寺《りゅうえんじ》彩
状態：良好
職業：アーティファクター【覚醒】
スキル：アーティファクト製造Lv2
魔　力：3250040
攻撃力：反映率▼30％＝97512
防御力：反映率▼30％＝97512
素早さ：反映率▼30％＝97512
知　力：反映率▼200％＝6500080
装備

・黒龍の防＝攻撃力反映率30％上昇、防御力反映率25％上昇
・緑龍の力＝防御力反映率30％上昇、素早さ反映率25％上昇
・黄龍の早＝素早さ反映率30％上昇、攻撃力反映率25％上昇

実はあれから彩はなんどもアーティファクト製造を行なっていた。

景虎会長が惜しみなく現役時代に集めた魔力石を使いまくったらしい。

実に100回はやったそうだが、それだけで何百億になるのか。

「す、すごいよ！　彩！」

俺は彩の手を握る、少し赤くはなっているがそれでもほとんど威力を殺すことに成功していたんだろう。

彩は戦士ではない。

それでもスポーツ万能頭脳明晰《めいせき》の万能完璧美少女であり、しかも経験者となればとても心強かった。

「彩となら勝てそうだ、レシーブはお願いしてもいい？」

「もちろんです！」

彩がレシーブ、凪がトス、そしてスパイクは俺。

この3人の連携はすさまじく、どんどん点差を離していく。

「ぬぅぅ、レイナ！　なにしとるかぁ！　なぜさっきから拾わん！　あれぐらいお前なら

余裕じゃろうが」

会長が熱くなり、レイナを叱る。

「なにが？」

しかしレイナはきょとんとした顔で首をかしげる。

「なにがって……まさかルール知らんのか？」

コクっと頷《うなず》くレイナ、いや、なんでずっと立ってた？

どこか抜けているレイナに全員が苦笑いしながらもルール説明を行なった。

「わかった、彩みたいにすればいいのね」

「そ、そうじゃが。まぁ彩はあれで結構スポーツ万能じゃから、とりあえず上げてくれればいいぞ」

そして会長が再度爆撃のようなサーブを打つ、しかし彩の前では無意味。

まるで達人のように、柳のように受け流し、トスを上げる。

俺はそのままレイナ目掛けてスパイクを放つ。

それは俺の優しさ。

せっかくルールを覚えたんだ、一度はやってみたほうがいいだろう。

とれるものならな!!　おらぁぁぁ！！！

俺も少しだけ熱くなっていた。

アドレナリンを分泌させて気分を高揚させる。

勝負事というものは否応《いやおう》にも男を熱くさせるものだ。
テンション高く、レイナへと弾丸スパイク。
だが、俺は後悔する。
会長ほどではないにしろ、結構な威力で放ったはず。
それこそ一般人なら打撲で済まない殺人級の威力、しかし。
フワッ。
まるで彩のように滑らかに着地点へとレイナが先回りする。
いや、まるでと言ったが訂正する。
彩と全く同じフォームで、全く同じ動作をする。
ならば必然的に全く同じように美しく、球が上がる。
真似《まね》というには、あまりにレベルの高いコピー。
会長に以前、聞いたことがある、レイナの才能は魔力無しにしても化け物だと。
「よくやったレイナ！　いけ、龍之介!!」
「やっとスパイクか……初めてだな……」
天道《てんどう》さんがだるそうに、首をコキコキならしながら地面を蹴った。
やばい。
俺は直感で、神の眼《め》を発動する。
黄金色に輝いた眼、その眼で天道さんを見つめると、その手に今まで見たこともないような巨大な魔力が集まった。

色は黒、まるで墨汁のような光を通さないブラックホールのような黒。

その漆黒の魔力が腕から手からボールへと伝わっていく。

「覇邪一閃《いっせん》（ただのスパイク）……」

その一撃はそれでも手加減していたのだろう。

ボールを壊さないように、手加減はしていたのだろう。

だが弾《はじ》くのではなくまるで押すようにスパイクを打ったそれは空気の壁を突き破り、轟音を上げて俺達のコートへと向かってくる。

『覇邪一閃』それは天道さんが持つ侍という職業が持つスキル。

詳細は、ただ魔力を乗せた飛ぶ斬撃。

その魔力を今、あの人はボールに乗せて放ったのだ、殺す気か⁉

そのまるで黒龍のような一撃が、うなりを上げて飛んでくる。

彩の反応速度では動けなかった。彩を責めることはできない。

彼女は戦士ではないのだから。

それほどの一撃だった。

漆黒の荒ぶる龍が、彩に向かって飛んでいく。

魔力すらおびたその弾は、人の命にすら触れかねない。

だから。

「ぐぅぅ!!」

俺が守ってやらないと。

「灰さん！」

俺はその一撃を受けきった。

衝撃を殺そうと力を抜いたせいで、盛大に後ろに回転しながら吹き飛んだ。

まるで爆発したかのような衝撃で白い砂を巻き上げる。

俺はそのままひっくり返って地面に埋まる。

腕に食らった衝撃は、魔力で守られているので大したことはないのだが。

しかし、ボールだけは生き延びる。

「凪《なぎ》ちゃん！」

「はい！」

砂に埋まりながら見た光景は、凪がトスを上げて彩がスパイクを決める光景。

とても美しいスパイク、先ほどまでの俺のスパイクにも負けず劣らずの威力をもったスパイクが敵コートへとまるで弓矢のように飛んでいく。

レイナのほうでは受けられると考えた彩はスパイクを打つためにネット際にいた天道さんを狙う。

天道さんはスパイク後で体勢を少し崩していた。

これは決まった。

そう思ったのに。

「狙いは悪くねぇけどな……」

日本最強の男が立ちはだかる。

驚異的な反射神経と技術。

まるで居合切りのように片手の甲だけを使って器用にボールの威力を殺しきり宙に浮かせる。

これが日本最強にして、歴戦の戦士、ただ魔力が強いだけではなく、武術の達人としても世界を席巻《せっけん》する天道龍之介《りゅうのすけ》という男の技。

それは彩の攻撃程度で貫けるはずもなかった。

高く上がったボールで会長がトスを上げる。

「よっしゃぁぁ!!　レイナ!!　全力でスパイクじゃぁぁ!!」

レイナが飛んで、彩と全く同じ美しく理にかなったスパイクポーズ。

終わった。

さすがにこの状況では、もう決まりかもしれない。

だが天道さんだけはその景虎《かげとら》会長の失言に気づく。

「!?　ば、ばか、じじぃ！　レイナに全力なんて言葉使ったら!!」

「あ……しまった……」

砂に埋もれたまま俺は見た。

レイナの手に銀色に輝く魔力が集まることを。

先ほどの天道さんの比ではなく、文字通りの全力を。

地形すら変えかねない、比喩ですらないS級攻略者の戦略級ミサイル並の一撃を。

銀色に輝く手が、音速を超えて振り下ろされる。

ソニックブームが発生し、簡易的なコートを吹き飛ばし、ビーチに台風のような風が巻き起こる。

空気の壁を突き破る音がホテルのビーチに響きわたり、何人かがすっころぶ。

それほどの威力、ならば必然的に何が起こるか。

パーーン!!

耐久力を超えたボールは、木端《こっぱ》みじんにはじけ飛んだ。

それはもう跡形すらも残さずに。

「…………全力で叩《たた》いたら……割れたわ、おじいちゃん」

会長が頭を抱えてやってしまったと天を仰ぐ。

つまりこの瞬間、田中《たなか》さんが勝者を告げた。

「……ゴホン……えーっと。ボールが割れたので勝者灰《かい》君チームです」

ビーチバレーも楽しんだ俺達《たち》はそのまま海水浴を楽しんだ。

親睦を深めるためのビーチバレーは、しっかり俺達の仲を深めてくれた、多分。

今は少しだけパラソルの下で飲み物を飲みながら休憩中。

「天道さん、覇邪一閃、すごい威力でしたよ。魔力を纏《まと》わせるんですね、魔力って自分の周りしか纏わないと思ってました」

「明日本気の一撃をみせてやるよ、魔物相手にならら問題ねぇからな。俺も原理はよくわかんねぇけどな」

「はは、楽しみにしてます」

「灰さん、守ってくれてありがとうございます。龍さんは私を殺す気ですか？　一瞬パパとママが見えました」

「死なねぇよ。アーティファクトで防御力を上げてる彩《あや》じゃ。お前にぶつかってボールが割れて終わる。それを狙ってたんだがな……よく止めたな坊主。眼がいいのか？　まるでくる場所がわかってたみたいだったぞ」

「あーはは、確かに目は良いですね」

俺達が談笑していると彩の横に凪が座る。

「ふぅ疲れた。彩さんとお兄ちゃんも泳いできたら？　楽しいよ、景虎会長って面白いね」

「あのじじぃははしゃぎ過ぎだ。一番はしゃいでるだろ、あの年でよくやる」

「はは、でも俺は好きですよ。会長がいると賑《にぎ》やかでいいですよね」

「まぁそうだな。あの爺《じい》さん元気だけは良いからな」

すると凪が、彩を肘でつつく。

まるで何かを急《せ》かしているように。

「あ、あの灰さん？」

彩が立ち上がり、俺の前に来る。

なんでこんなに顔が赤いんだ？　暑いからか？　手で顔を仰ぐようにして目を泳がせる。

「少し泳ぎたい……です」

「ん？　いってきたら？」

「ええっと……ええっと……そうじゃなくて……ええっと」

「どうしたそんなに慌て――げふっ!?　どうした妹よ!?」

突如妹に脇腹を殴られる。

兄が何をしたというんだ、妹よ。

「お兄ちゃん、邪魔だから泳いできたら？　私天道さんと少しお話ししたいんだけど」

「えぇ……邪魔なの？」

突如浴びせられる反抗期の妹の暴言。

さっきまであんなにお兄ちゃんっ子だったのに、この豹変《ひょうへん》ぶりである。

ってかいつの間にこんな野獣さんのことを？　食い殺されないか心配だぞ。

「うん、はやく!!」

そして俺はしぶしぶと彩と一緒に浜辺へと向かった。

食い殺されないか心配だなと後ろを何度か振り返る。

まぁ天道さんは実は良い人なので問題ないのはわかっているが美少女と野獣だな。

「大変だな、鈍感な兄だと」

「はい、でも最高のお兄ちゃんです」

「はは、俺には姉しかいねぇが兄弟仲いいのが一番だ」

凪と天道は、２人の背中を優しく見守った。


「……みて。すっごい美人……」

「モデルさんかな？　綺麗《きれい》な黒髪……」

「彼氏さんもすごい良い体。美味《おい》しそう……」

彩は目立つので隣を歩くと結構こんな声が聞こえてくる。

美人と言われ慣れている彩は一切気にせずすたすたとモデルのように歩いていくのだが。

それにしても黒のビキニが似合っているな、正直ドキドキするというのが本音である。

レイナの破壊力のせいで少しばかり威力を失ったが、俺には少し刺激が強い。

「そういえば、灰さん。あとでアーティファクトを作り直しませんか？」

「あ！　そうそう、お願いしようと思ったんだよ、彩のスキルレベル上がってたでしょ？

そのおかげか反映率もあがってるっぽいんだよね」

「そうみたいですね、強くなったのを実感します。じゃあ今夜……しますか？　また……」


そういう彩は顔を赤くしながら少し震える声で下を向きながら俺に言った。

俺もその言葉で、何をするかを想像してしまい少し照れて頬を指で掻《か》きながら頷《うなず》く。

「……う、うん。彩がいいなら」

「私は……いつでもいいです」

「じゃあ今夜、お願いできる？」

「はい。灰さんが呼んでくれるならいつでも……部屋に行きます」

（なんか少しエッチに聞こえるのは俺だけでしょうか……）

今日の夜、彩にアーティファクトを作ってもらう約束をする。

魔力石ならA級のがたくさんあるので数は問題ない。

いつかS級の魔力石が手に入ったら真っ先に彩に作ってもらおう。

「気持ちいいですね、海。気温も最高です」

俺達はそのまま海へと入る。

海はぬるい温度でとても気持ちいい。

こういう時は水の掛け合いとかするんだろうか……。

でもそれはカップル限定か。

ザバーーン!!

そう思っていると俺と彩が空から降ってきた大量の水でずぶぬれになる。

まるで滝、何が起きたと俺が元凶を見た。

そこに全力ではしゃぐ会長とレイナがいた。

「ガハハ！　どうじゃ、レイナ!!　ぬらぁぁ！！！」

「おじいちゃん、滝みたい」

横ではまるで爆撃されたような海が舞い上がった魚たちと一緒に水柱を立てている。

会長が全力で水をかけている、いやあれはかけているというのか？　攻撃しているの間違いでは？

レイナのほうは、なぜかその滝のように落ちてくる水を躱《かわ》そうとしているようだ。

目にも止まらぬ速さで水をよけ続けるレイナ。

あれ、なんて遊び？

「ふふ、灰さん、私達もやりますか？」

「あれを？」

「……いえ、普通に泳ぎましょうか」

「そうしよっか。あ、あの島までいってみようよ。今の俺達なら余裕だろうし」

俺は少し先に見える離れ小島を指さした。

そこは小さな無人島、距離にして1キロほどはあるのだろうが今の俺達なら余裕だろう。

「はい」

俺達は泳ぐ。

急いでいるわけではないので、のんびりだがそれでも少し力をいれるだけでまるでジェットスキーのような推進力で前に進む。

「ふぅ……強くなってから初めて泳いだけど気持ちいいな」

「はい、私もです」

そういえば彩もステータスが上昇してから泳ぐのは初めてかな。

まだこの力に気づいてから一月ほどしかたってないのだから当然か。

そういう意味ではやっぱり俺達は少し境遇が似ているかもしれない。

俺達はそのまま無人島の砂浜につき、あぐらをかいて座った。

とても綺麗で、真っ白な砂浜、いつの間にか日も落ち始め夕暮れの色が紅《あか》く海を照らし出す。

俺はふと横を見る。

横には彩が同じように綺麗な姿勢で両足を揃《そろ》えて座っていた。

濡《ぬ》れた髪を両手でかき上げて、夕暮れの光に少し照らされている。

俺と目が合うと、優しく笑いかけてくれた。

真っ黒なアップされた髪とハイビスカス。

それと赤いピアスが夕暮れで煌《きら》めく。

綺麗だった。

元々芸能人みたいに美人なのはわかっている。

それでも周りに誰もおらず、無人島に2人きり。

このシチュエーションには少しぐっとくるものがあった。

「彩……」

名前を呼ぶと彩が俺を見つめてくれる。

俺も彩を見つめていた。

見つめたまま俺達はなぜか無言になってしまった。

少し手を伸ばせば彼女に触れられる。

少し近づけばキスできる。

俺だって健全な男だ。

沖縄の夏は何かが起きそうな気がした。

この手を伸ばせば何かが変わる気がした。

彩のことは可愛《かわい》いと思う、それが異性として好きという感情なのかは正直よくわからない。

好きと可愛いの違いが恋愛弱者の俺にはまだよくわからない。

元々恋愛感情が成就したこともなく、憧れと好きという感情の違いも俺はよくわからない。

そういう意味ならレイナに憧れたのは間違いはないのだが、それでも好きなのかと言われたら疑問がでてくる。

じゃあ彩《あや》はどうなんだ？

まだ出会って日も浅いが、それでもとても濃い時間を過ごした。

憧れている？　それは少し違う。

守ってあげたい？　それはそうだ。

じゃあ触れたい？……今は……少し触れたい。

キスしたい？……。

俺が戸惑っていると、彩が何かを決意したように身を乗り出して俺に近づく。

両手で体を支えて、まるで迫ってくるように。

レイナほどではないにしろ、それでもスタイルがいい胸が手で押されて谷間を作る。

「灰さん……私……灰さんに言いたいことが……」

頬をいつものように真っ赤に染めて、夕暮れの赤よりもほんのり赤く。

彩は俺に近づいてくる。

◇少しだけ時間は戻り、バーベキューの頃　彩と凪《なぎ》
「彩さん！　作戦を発表します！　今日お兄ちゃんに告白してください」

「えぇ!?」

「お兄ちゃんは色々あって、恋愛に疎いというか消極的です。元々がアンランクで虐《いじ》めら

れていたので……。だから恋愛に関しては成長してないし臆病だと思います。いまだに自分なんてと思っているような気がしてて……。正直今はモテモテですが」

「そ、それはなんとなく思うけど。結構言い寄られてたり……かっこいいという声が聞こえてくるから……でも灰《かい》さんはいつも俺なんてと……」

「はい。なので、彩さん告白してください。はっきりと勘違いできないよう、ストレートな言葉で！　じゃないとお兄ちゃんは動きません。今の時代女からいくなんて普通です。ガツガツ行きましょう、時代は肉食系ですよ」

「で、でもふ、振られたら私……」

「ふふ、そんな時に魔法の言葉があります。こう続けてください、返事は今はいらないと。これだけで断られないし、告白もできるのです。お兄ちゃんがこれから彩さんを意識し続けて落ちるのも時間の問題です。勘違いしてはいけません、告白とはスタート！　勇気を持った人だけがそのスタートラインに立てるのです」

「な、なるほど……凪ちゃんすごいわ。天才よ……恋愛マスターね。一体どこからそんな知識を……」

（AMSの時間かせてもらっていた少女漫画で言ってましたとはいわないでおこう……）

◇時は進み、無人島で彩と灰。

（言うんだ、ここで。灰さんに好きだって……言わないと）

彩は気が気ではなかった。

心臓の音が聞こえてくるし、体中に力が入らない。

自分の言葉を口にするのがこれほど怖いとは思わなかったし、世界中の人はこんな怖いことを乗り越えて夫婦になったのかと信じられない思いだった。

「彩？」

「灰さん……私……私、灰さんが」

身を乗り出す彩、精一杯のセクシーポーズ。

夕暮れより赤く真っ赤に染めた頬で、灰を下から覗《のぞ》きこみ上目遣いで見つめる。

（いけ、頑張れ、私!!）

「灰さんのことが……す、す……」

ザバーン!!

「え？」

突如彩と灰を高波が襲う。

先ほどまで穏やかであったはずの海が荒れに荒れる。

その波の衝撃で灰と彩は後ろに倒れる。

原因はわかっている。

そして予想通りともいえる。

なぜなら海には。

「ガハハ！　レイナどうじゃ!!　水の上を走るのは!!」

「おじいちゃん、すごい」

「結構コツがいるんじゃがな!!　レイナの魔力ならすぐにできるぞぉぉ!!　教えてやろう、まずは足を!!」

「……できた」

「天才じゃったか………」

筋肉じじぃの首にレイナが摑《つか》まって海の上を走り回っていた。

直後、レイナも同じように海の上を走り出す。

その2人の爆撃のような足踏みが作り出す衝撃で海がまるで嵐のように荒れていた。

「……あれ？　この感触は……」

波でひっくり返った彩と灰。

元々くっつきそうなほど近かった2人、ならばラッキースケベも起こるというもの。

灰の手には柔らかい感触があった。

手のひらの中には、少し硬い感触すらも。

灰は気づく。

倒れた拍子に彩の下着の中に手が入ってしまったことを。

そして今、わしづかみにしているものがなんなのかを。

灰が思わずにぎにぎしてしまうのも不可抗力というものだった。

ただし。

「い、い、いやぁぁ!!」

代償は払う必要はあるのだが。

「ぶべらぁぁ!!」

彩の一切手加減なしのビンタによって灰は盛大に空を飛んだ。

「ということで楽しい時間も終わりじゃ。夕飯はホテルのディナーじゃからな。そろそろ帰ろうかのぉ。あと1時間後に集合で」

俺達《たち》は片付けを開始している。

俺は頬を冷やしている、俺が全て悪いので何も言えない。

意識が少し飛んだが、確かにこの手には感覚が残っている。

あんなに柔らかいんだな、胸って……。

「すみません、灰さん。痛いですか?」

彩が隣に座って俺の心配をしてくれる。

「いや、俺が悪いから大丈夫……俺こそごめん」

彩の攻撃力は10万に近い、思うに余裕もなく本気の一撃だっただろう。

俺じゃなきゃ、首がちぎれて空中回転していたところだった。

その点は本当によかった、前までの俺なら本当に死んでいたまでである。

俺達はシャワーをあびてそのまま部屋へと戻った。

ホテルのディナーは、これぞ金持ちというような鉄板焼きのディナーだった。

目の前で焼かれるステーキ、パフォーマンスも楽しめてとても楽しく美味《おい》しい時間を過ごす。

束《つか》の間《ま》の贅沢《ぜいたく》、その後、俺達は大浴場へと向かった。

「やはり風呂はいいのぉ……、裸の付き合いこそ最も親睦を深める行為だと思わんか。灰君、男女ともにな。ガハハ」

俺達は男衆全員でホテルの大浴場に入っている。

天道《てんどう》さん、田中《たなか》さん、景虎《かげとら》会長、俺の４人だけの貸し切り状態。

「はは、そう思います。女性との裸の付き合いなんてしたことないですが……」

「なんだ、坊主童貞か。大人の店に連れてってやろうか？　金ならあるんだろ、もう色を知っていい年だ」

「龍之介《りゅうのすけ》、灰君はまだ未成年だ。不良のようだったお前と一緒にするな。それに初めてがプロでは困るだろう。灰君、君のペースでゆっくりと進むと良い。だがまぁもし相手がいないならわが社の若い子と合コンでも……君ならよりどり――」

「だ、大丈夫です！」

こういう時若い俺がいじられるのは仕方のないことではあるのだが、それでもここは心地よかった。

　スポーツを通して親睦を深める。

　その作戦は見事に成功し今までよりも一層、俺はこの人達のことが好きになった。

「そうじゃ、灰君。彩とレイナどっちか選べるならどっちがいいんじゃ？」

「なぁ!?」

「ほう……灰君はそういえばレイナ君に命を救われていたね、彼女はとびっきりの美人でライバルも多い。まぁ本人は恋愛に興味がなさそうだが……」

「レイナはだめだ。俺にとっちゃ妹みたいなもんだが、浮いた話の一つも聞かねぇ、そういう意味では彩も一緒だがな。あいつらもいい年なのによぉ」

「レイナ君は……仕方ないだろう。あれでも明るくなったほうなんだから」

「……なにかあったんですか？　レイナって」

　俺が何気なく質問すると、田中さん達が目を合わせ頷《うなず》いた。

　そして口を開いたのは会長だった。

「少し暗い話じゃが……灰君には知っておいて欲しいから話そうか。あの子の両親はな、死んでおる。いや、正確にいえば、父は死に母は行方知らずといったほうがいいか……」

「そうですか……ダンジョン崩壊ですか？」

「いや、違う。それならばまだ救いはあった、不慮の事故ならまだ彼女の心はあれほど傷つかなかっただろう」

「じゃあ何が……」

会長が話しづらそうに、そして口を開く。

「あの子はな……母親に殺されそうになったんじゃ、滅神教《めつじんきょう》の狂信者となってしまった実の母に」

「どういうことですか⁉」

「順を追って話そう。まずレイナの父親じゃが、ダンジョン協会の職員で覚醒犯罪対策課の課長じゃった。A級攻略者でな、優秀で正義感が強く、儂《わし》と共に戦場を駆けたこともある、儂の後を継いでほしいとすら思っておったぐらいじゃった」

「銀野《ぎんの》一心《いっしん》、私の親友でもあった男だよ。アヴァロンに誘ったこともある……実はこのホテルもね……一心がレイナの母と結婚式を挙げた場所なんだ。あいつはここが好きでな。よく家族と来ていたよ」

「レイナが今日海を見て泣いていました。もしかしたら……」

「押し込めていた想《おも》いが溢《あふ》れてきているのかもしれないね、何か良い影響がないかと選んだんだが逆効果だったか。実は……このホテルの屋上にね、大きなベルのオブジェがあって……そこで一心達夫婦は永遠の愛を誓った。私は仲人として、スピーチもしたんだ。懐かしい」

「そう、仲むつまじい夫婦じゃった。だが実はな、レイナには兄がおったんじゃ、父親に似て正義感が強くてな、だからじゃったんじゃろうな……あの日レイナをかばったのは。

ダンジョン崩壊によって魔物に襲われたレイナをかばってレイナの兄は死んだんじゃ」

「……そんな」

レイナの兄は死んでしまったらしい。

俺には兄はいないが、妹がいる。

凪《なぎ》は俺が死んだらどう思うだろうか、しかも自分をかばって死んだら。

俺達は誇張なしに仲がいい、お互いのために命を懸けてやるという気持ちすらあると思う。

だがそれが実際に起きたのなら。

「それももちろん最大級の不幸じゃ。だが……そこから始まったんじゃ。銀野家を襲った最悪の事態が。そもそもレイナが国外に住んでいたのは知っとるか？　レイナの母が外国の人でな」

「ハーフだとは聞いてます」

「そう、それで事故に会ってからレイナとレイナの母、名をソフィアというのじゃが気落ちしてしもうてな。とても子育てしながら一人で生活できそうもなかった。しかし一心も仕事を休まない不器用な男でな。まぁあの頃は猫の手も借りたいほどじゃったから仕方ないところもあるんじゃが。そういうこともあり、レイナとソフィアは国外で、一心は日本にいた。月一度は帰っておったが、基本はこの国におったよ」

「そうですか……一心さんはとても責任感の強い人だったんですね」

「そうじゃ、だがな……不幸が重なってしもうた。ソフィアは目をつけられてしもうたんじゃ。あの滅神教《めつじんきょう》に」

「滅神教《めつじんきょう》!? あの滅神教《めつじんきょう》ですよね?」

「そう、灰君《かい》が倒したあの滅神教《めつじんきょう》じゃ。あの宗教は、ダンジョンで家族を亡くしたものを狙う。ダンジョン崩壊や魔物によって心を深く傷つけられたものに寄り添うんじゃ。すべては神が仕組んだものだ、神を滅ぼさなければ人類は不幸になるとな。そしてソフィアは……彼らの手に堕《お》ちてしもうた」

「そんな……」

会長の説明はネットで調べても出てこない情報だった。

滅神教《めつじんきょう》が狙うのは、傷ついた人。いつだって宗教はそういった人の心の拠《よ》り所《どころ》になろうとする。

それ自体は悪ではない、救いを求めることも重要だろう。

だが滅神教《めつじんきょう》は違う、その後が問題なんだ。

彼らは勧誘のプロだ。子供を失い自暴自棄になっている母親を堕とすぐらい訳もなかったのだろう。

ましてや、旦那は国外だったのならなおさら。

「一心はギリギリまで気づかなかった。いや、むしろソフィアが明るくなってきて喜んですらいたんじゃ、覚えておるよ。最近よく笑うようになった、今日は結婚記念日だから花を買いに行くと言っていた一心の笑顔を。……だが水面下で悪魔のささやきは続いておった。そしてついに……ことは起きてしまった。ソフィアが狂信者となり、レイナが滅神《めつじん》教《きょう》に攫《さら》われた」

「攫われた……ですか」

「そう、詳細はわからんが何かの儀式が行われた。それにぎりぎりで気づいた一心が儂と龍之介に助けを求めてな。土壇場で滅神教《めつじんきょう》からレイナを救いだした。その儀式は説明するのもおぞましい、レイナの魔力がなければ死んでしまうようなそんな儀式じゃったよ。そしてその過程で……一心は死んだ。滅神教《めつじんきょう》のS級、大司教と呼ばれる男、名はローグ。そいつと戦ってな。ローグには逃げられたが……儂らはレイナを救い出せた。あとはわかるじゃろう、そんな目に合ったレイナが心を閉ざしてしまうのも。今話せているだけでも奇跡なんじゃ」

「……俺には想像もできません。その時レイナがどんなにつらかったのか」

（もしかしたらそれがあの封印と関係しているのか？）

ただでさえ兄を失い心を病んでいたはずのレイナ。

そこに大好きなはずの母親からそんな仕打ちを受け、父が死ぬ。俺には想像すらできなかった。

「それが事の顛末《てんまつ》じゃ。灰君には知っておいてほしかったのでな。……はい！　悲しい話はここまでじゃ、汗と一緒に流してこよう、せっかくの旅行なんじゃから！　悲しい過去は変えられん、だが未来は明るくできるはずじゃろ？」

そういうと会長が笑顔で俺の肩を叩《たた》く。

俺もしっかりと頷いて立ち上がる。

過去をなかったことにはできないが過去を知ることで違う道は選べるはずだ。

俺はレイナの過去を知ってただ心から彼女を笑わせてあげたいと思った。

それがのちにどんな感情になるかもわからず。

～風呂上がり

「ではおっさん達《たち》は酒でも飲みに行こうかのぉ。灰君はどうする？　一緒に行くか？

……」

「あ、夜は彩《あや》と用事があるので」

「そ、そうか！　そうかそうか！　それはよかった。では邪魔しては悪いのう。よし！

行こうか、田中君、龍之介」

そういって風呂上がりの会長と田中さんと天道さんは夜の街へと消えて行ってしまった。

会長はとても嬉《うれ》しそうだったが、そんなに飲みに行くのが嬉しいのだろうか。

「おかえり、お兄ちゃん！　お風呂すごかったね！」

「おぉ、凪達も上がったか」

俺が部屋に戻ると、浴衣姿の凪がバルコニーで涼んでいた。

凪は何を着ても似合う、水着も可愛《かわい》かったが浴衣は大人っぽくて素晴らしい。

俺の帰りを待っていたようで、俺が着くなりバルコニーから戻り俺の手を握って連れ出そうとしてくる。

「どうした？　凪」

「お兄ちゃん、レイナさんと彩さんと今から夜の肝試ししよって！　だからきて！」

「肝試し？　夏の定番ではあるけど……」

「もう2人は下のロビーで待ってるんだから！　はやくはやく!!」

「お、おう……」

俺はそのままロビーへと向かった。

肝試しなんて小学生以来だ、とはいえ毎日のようにダンジョンで肝を試されている俺が外で怖い思いをするとも思えないが。

「レイナさん、彩さん、お待たせしました！」

ロビーには2人の少女がいた。

通る人達が思わず見つめて、こけそうになるほどに目を引く2人が。

魔力が見えなくても美しいオーラが見えるほどに、芸能人並のオーラを纏《まと》う。

一人は銀野レイナ。

銀色の髪をかき上げて、浴衣を着ている。

美人の外国人が浴衣を着るとなぜここまで似合うのか、そして何より胸がデカい。

胸がデカい浴衣美人は正直ツボだった。

もう一人は龍園寺《りゅうえんじ》彩。

これぞ大和撫子《なでしこ》というのだろうか、ポニーテールにした黒髪が怪しく揺れる。

一説では男は揺れるものは狩猟本能がくすぐられて目で追ってしまうらしい。

揺れるピアスや、ポニーテールが好きなのは本能なのだ、俺のフェチでは決してない、だから目で追ってしまうのも仕方ない。

「お兄ちゃん？」

「……」

「お兄ちゃん！」

「あ、あぁ、ごめん」

俺が彩のポニーテールを見つめて時を忘れていると凪の声によって意識を取り戻す。

それを見てニコニコ笑う凪と彩、なぜか凪と彩がウィンクし合う。

俺達はそのままホテルの外に出た。

ホテルの外は暗く、時刻はすでに9時を回っていた。

自然豊かなホテルだけあって、少しの街灯はあるが全体的に暗かった。

それでもさすがに、真っ暗闇とはいかず、肝試しというよりは、どちらかというと夜の散歩になりそうだが。

「では、チーム分けを発表します！」

「4人じゃないのか？」

「大人数じゃ肝試しにならないでしょ、だから2人！　私はレイナさんと行くから、お兄ちゃんは彩さんとね」

「お前が決めるのかよ……」

「私まだレイナさんと仲良くなれてないからいいの！　お願いしますね、レイナさん」

「ええ、よろしく。凪ちゃん」

そういってレイナと凪は手をつないで闇に消えていく。

まぁ凪はあれでしっかりしているし、レイナも最強の女なので悪漢に襲われたりは大丈夫だろう。

「じゃあ、俺達も行こうか……」

しばらくしてから俺も歩き出そうとした。

彩はずっと下を向いて話そうとしないし、動かない。

手を出したり、握ったりを繰り返して全く前に進まない。

意外と怖がりなのか？　と思ったがお嬢様だし暗いのは慣れてないのか。

そう思って振り返ろうとした時だった。

「ん？」

俺の左手が掴《つか》まれる。

掴んだのはもちろん、彩の右手。

震えるように、俺の手を握るというには少し心もとなく指の端を持っている。

俺は振り向くが、下を向きながら耳まで真っ赤な彩がそれでも震えた声で振り絞った。

「手、手を……つなぎたい……です……」

夏のせいか、少し体が熱くなる。

◇

「い、いいけど……」

灰はその手を握りなおす。

彩の顔がさらに真っ赤に染まる。

ごつごつした灰の手の感触に、彩の手はつなぐというよりは握られている。

（ど、どうしたんだ……彩のやつ……いきなり手をなんて……）

こんなことされればいくら自己肯定感の低い灰といえど勘違いするなと言う方が無理である。

耳まで真っ赤な彩の熱が伝播《でんぱ》して、灰も顔が赤くなる。

気を紛らわせようと空を見ながら、月を見つめる。

「ありがとう……ございます」

それから無言のまま手をつなぐ2人の夜の散歩が始まった。

もちろんこの手をつなぐのも凪《なぎ》の入れ知恵ではあるのだが、凪としてはさすがに無理だろうと半ば冗談で言っていた。

しかし彩は恋愛初心者だが、度胸はある。

今まで無能と呼ばれ続けながらも抗《あらが》い続けるだけの度胸が。

それでも。

（あ、頭がどうにかなるぅぅ！！！）

沸騰しそうな頭に思考が廻《まわ》らず、ただコツコツと下駄《げた》の音を鳴らしながら灰の背中を見つめることしかできなかった。

（おっきいなぁ……）

それでもその背中を見つめると安心してくるから不思議だった。

自分よりも随分と大きい背中、祖父に比べたらさすがに小さいが、彩には同じぐらい大きく見えた。

「あ、分かれ道……」

無言のまま、２人がいくらか進んだ先には分かれ道。

右の道はホテルへ続く大通り、左の道はよくわからないが森の中へと進んでいきそうな小道。

「どうしよっか……」

「左が……いいです、右は終わってしまいそうなので」

ない。

「わ、わかった」

その意味を灰《かい》は考える。

もし彩が恐怖から手をつないでほしいと言っているのなら右を選ぶ。

だからどう考えても左を選ぶ意味はそうではない。

それはきっと、もう少し２人で一緒にいたいという彩の精一杯の表現だったのかもしれない。

灰はそう認識した。

ならばさすがに灰も理解している。

彩の気持ちを。

思えば心当たりはいくつかあった。

それでも勘違いしないようにと考えないようにしたのだが。

「随分暗くなってきたね……」

「はい……」

森を進むとそこには石の階段があった。

その奥には、古びた神社のようなものがある。

「行ってみる？」

彩はコクっと頷《うなず》いた。

灰と彩は手をつなぎながら一つ一つ昇っていく。

そこは神社だが、手入れはされておらず古びていた。

灰と彩はそのまま進む。

「古いな……一応拝んでおこっか……」

そういうと灰が手を離し両手を合わせた。

「あっ……」

彩は思わず声が出る。

少し右手が寂しくなってしまったから。

それでも彩も灰と同じようにいるかもわからない神に拝む。

そしてその時拝む内容は1つだけ。

(勇気をください……)

神には祈らない彩、それでも今この瞬間だけは勇気が欲しかった。

しばらく沈黙していた灰と彩。

灰がその微妙な空気に耐えきれず話題を振る。

「そ、そういえばアーティファクトって……どうしよっか。今手元にあるのはこれなんだけど……」

灰は、作るかなと思って一つだけもってきた魔力石を、彩に見せる。

それはA級の魔力石、中でも鬼王、狼王《ろうおう》よりも強かった龍王の魔力石。

じつに魔力量5万、これを持つ龍王が最初のエクストラボスとして現れていたら負けていたかもしれないほどの強敵。

その時には、灰の魔力は10万を越えていたので実は余裕だったのだが。

「今……作りましょうか？」

「今？　いいの？」

コクりと頷く彩《あや》。

彩はそう言うと神社の端に座る。

アーティファクトを作る時は集中するから座るようだ。

「あ、じゃあ……血だよな……えっと剣忘れたな……どうしよう、かみちぎるか……」

俺は魔力石は持ってきたが剣を忘れたことに気づく。

こうなったら某ニンジャ漫画のように、親指をかじり口寄せを。

すると彩が、歯で指をかじろうとした灰に隣に座るように促した。

灰は首をかしげながら彩の隣に座る。

「……」

「どうした？　彩」

先ほどまで真っ赤だった顔が、さらに赤くなっていく。

震えてすらいるが、下を向きながらも震える指が灰を指刺す。

灰が不思議そうにその指を見つめていると、ゆっくりとその指が進んでいく。

そしてついに灰の唇に彩の指が触れた。

続く言葉に灰は彩の行動の意味を理解した。

「ここから……ください。今日は覚悟ができてます」

「え？　それって……」

「あ、あくまで検証。検証です。だから……灰さんのを……直接ください。決して邪《よこしま》な思いではありません」

彩は震える声で、泣きそうな目で灰を見る。

彩の精一杯の言い訳なのか、本心なのか、それはその言葉に動揺していた灰にはわからない。

でも何を言っているのかはわかる。

彩が灰に顔を向けて目を閉じているから。

それはまるで『キス』を待っているように。

「あ、彩……」

「私は……大丈夫です……灰さんこそ私は嫌ですか？　嫌なら断ってください……私なんかとするのは嫌だと」

「い、嫌なわけじゃない……よ？　でも俺初めてで……そのなんというか……」

「私も……です……」

彩は変なテンションになっていた。

ここまできたのなら、もう後には引けない。

なぜか勢いで今ならキスできるのではないかと言葉にしてしまった。

それは日ごろから妄想していたことではあったのだが、まさか告白よりも先に自分の口からそんな言葉が出るとは思ってもみなかった。

きっとこれは夏のせい。

真夏の夜の怪しく光る月明りが彩の心を惑わせる。

さらにてんぱって彩はよくわからないことを言い出す。

「灰さん……これはキスじゃないです。検証です。だから好きにしてください。灰さんの思うように……だから」

上目遣いで、涙を流しそうな顔で彩は懇願する。

「ね？」

その表情に理性を振り切った灰。

灰も彩と同様にテンションがおかしくなっている。

こんな暗闇に2人きり、月以外は2人を見るものは誰もいない。

浴衣が少し崩れて、そこから見える彩の黒の下着と、シャンプーの匂いが灰の理性を失わせる。

彩の肩をガシっと摑みゆっくり顔を近づける灰。

彩はただ目を閉じて待っていた、鼓動の音が静かな夜に響いていく。

お互いどちらの音かもわからずに。

徐々に近づく2人の距離、いまだにこれが現実なのかよくわからない感覚が続く。
少しずつ、本当に少しずつ2人の距離が近づいていく。
灰は思った、こういう時は多分会長が何かしらで邪魔をしてくると。
だから少しだけキョロキョロしてしまう。
その瞬間だった。
顔を彩の手のひらで挟まれて、無理やり彩の方を向かされる。
「私だけを……見て……お願い」
灰は沸騰しそうな顔でそのまま近づいていく。
亀の歩みよりも遅い2人の速度、それでも、ゆっくりでも確実に近づくのならば。
「んっ……」
必ずいつかたどり着く。
灰は彩の唇の感触が重なったのを感じた。
とたんに離れるお子様の灰は、やはりお子様なキスでとどまった。
沸騰しそうなほどに顔が熱いが、それでもやり切ったよくわからない達成感。
しかし本番はまだ先だった。
「あっ……灰さん……それじゃ……足りない……もっと」
潤んだ瞳で嘆願する彩。
その言葉がもっとキスしたいという意味なのか、体液が足りないという意味なのか。

もうそんなことはどうでもいい灰は、理性というものを殴り飛ばし、本能のままに行動する。

今、灰の脳は、この美しい少女とキスすることだけに占領される、つまり猿である。

そのまま彩と再度キスをする。

今度は先ほどよりも早く近づき、ゆっくりと大人のキスをするために舌を絡ませる。

「んっ……あっ……」

彩の口から吐息が漏れる。

その声に灰は反応し、もっと声を出させたいという欲求に駆られる。

それはお互い同じこと。

ならばと時を忘れて夢中になった2人。

お互い年は18。

普通の青春を送っていたのなら学生の時には経験済みでもおかしくはない年ではある。

だが悲しいかな、お互いの初めての本当の性の欲求は、理性すらもはねのけて終わりの見えない時間が続く。

やめたくなかった。

何とも言えない気持ちよさが2人の体を熱くする。

彩はいつの間にか浴衣がはだけてきていることにも気づかない。

もし誰も止めなければこのまま一線を越えてしまいそうなほどに、2人の距離は近くなる。

しかし幸か不幸か、終わりは来た。

ピロリン♪

灰《かい》の携帯の着信音だった。

どれだけ交わしていたのかわからない、2人のキス。

それを止めるのは、電子音。

その音に慌てて、口を離す2人の顔は真っ赤に染まる。

彩に関しては浴衣がはだけて下着があらわになっているのを慌てて直す。

直後見つめ合う2人。

とたんに2人はくすっと笑い出す。

そして彩はあまり緊張せず、すらっと思っていた言葉を告げた。

「灰さん……私、灰さんのこと好きです。あの助けてもらった日からずっとあなたを目で追ってしまう。あなたが好き」

「あ、彩……え、えーっと」

灰もここまできたらわかっている。

だが、ここで俺も好きというのも違う。

灰にとって彩は守る対象ではあったが、好きという感情は生まれていなかったから。

だから言葉が続かない。

好きというほどには恋焦がれておらず、断るほどに無関心ではない。

なんといったらいいかわからない感情に、灰は言葉が止まった。

しかし続く彩の言葉によって、止められる。

「答えは今は聞きません。いつかまた灰さんが心からそう思った時にこの続きをしましょ。

……じゃあアーティファクト。作っちゃいますね」

そういって彩は先ほど手渡した魔力石に口づけをする。

太陽のような光が2人を照らし、お互い暗くてよく見えなかった真っ赤な顔を映し出す。

それを見て、またくすっと2人は笑い合う。

出来上がった剣は、前の鬼王の宝剣よりも性能が高かった。

それが長いキスのせいだったのかはわからないが、確実に灰の力を増してくれる一品。

彩の魂がこもった一品だった。

「どうですか？」

「すごいよ、彩……ありがとう……前よりも格段に強い」

そして2人は立ち上がりホテルへと戻る。

今度はしっかり手を握る、あまりに自然と2人の手が握られたことに少しだけ驚いた。

普通の握り方から、少しずつ変わっていき、いつの間にか複雑に。

その握り方がさっきよりも複雑に絡み合っていたのは2人の今の心境かもしれない。

そのままホテルに戻る灰達《たち》。

そこで彩《あや》は手を離して、こちらを向いて下を向く。

「灰さん少ししゃがんでもらえますか？」

「あ、うん……」

灰は少しだけしゃがみ彩と目線を合わせる。

もしかしたらまたキスか？　と少しだけ期待した灰。

すると彩が俺の耳に顔を近づけてまるでささやくように、言った。

「灰さん……さっきの続きが……もっと先の、その……エッチなことがしたかったら……」

彩は灰のホッペにキスをする。

「待ってます、返事……ずっと、いつまでも」

そして真っ赤な顔のまま、すぐに背を向けて部屋へと走って行ってしまう。

灰はその背を見つめるだけでただ茫然《ぼうぜん》と立ち尽くし、頬の感触を思い出すことしかできなかった。

「続きって……まじか……」

沖縄の夏は、想像よりも熱かった。

◇彩視点
「あぁぁぁぁ!!　わたしなにやってるのぉぉぉ!!」

「彩……おかえり？」

私は部屋に帰るや否や、扉を閉めて絶叫した。

すでにレイナも部屋に帰ってきているようだがそんなことはどうでもいい。

扉にもたれ掛かり火を噴きそうなほどに顔を真っ赤にして絶叫する。

さきほどまではテンションがどうにかしていたのに、冷静になると頭がどうにかなってしまいそう。

「彩？　なにかあった？」

「ちょ、ちょっとね。なんでもないから！」

レイナが心配してくれるが、私はベッドにもぐりこんで布団をかぶる。

目を閉じればまだ口の中に感覚が残っている。

灰さんの舌が私の中を蹂躙《じゅうりん》した感覚、そこからだ、頭が真っ白になり夢中になってなすが儘《まま》になってしまったのは。

いや、なすが儘というよりは、私は自分から必死に求めていたような気もする。

「……なんかすごかった……あ、あんなことみんなしてるの？　嘘《うそ》でしょ……頭がバカになる」

それに。

「最後私なんていった？　エッチなことするっていった？　バカバカ!!　それじゃ変態！　もう痴女みたいじゃない!!　うわぁぁ!!」

告白できたテンション、キスしたテンション、旅行先という非日常。

言い訳をするなら沖縄の夏が悪いんだ。

それでもあれじゃ、まるで痴女じゃない、なんであんなこと言っちゃったの私!!

「あぁ!!　絶対変態だと思われてる!!　キスだって私からせがんだようなものだし!!

わぁぁぁ!!」

「彩……声が大きい、多分……外に」

「へぇ!?」

◇灰視点
「き、聞こえてるんだよな……」

放心状態で少し遅れて俺は部屋に戻ってきた。

ドア越しからすごい悲鳴が聞こえてきたらか悪いとは思いながらも俺は扉に耳を当ててしまう。

そして聞こえてくるのは彩の絶叫だった。

「き、聞かなかったことにしておこう」

俺はそのまま部屋に戻った。

「あ、おかえりお兄ちゃ――ふふ、彩さん頑張ったのかな?」

「お前の入れ知恵か」

「さぁーなんのことでしょーー。とりあえず今日はもう寝ましょうねーーお兄ちゃん明日朝早くからなんでしょ？」

「話を逸《そ》らしよって……はぁ、もう寝る！」

俺は電気を消して、布団にもぐる。

目を閉じると思い出すのは、甘い味。

初めては甘酸っぱいというのだが、彩の口はみずみずしくて甘かった。

だからもし携帯の着信音が鳴ってなかったらもしかしたら……。

（付き合ってもないのに、俺はなんてことぉぉ!!）

それでも付き合ってもいない女の子をいい様に蹂躙したという事実は消えない。

少しの罪悪感と、大きな性的興奮と、これからどうしようかという不安を胸に。

（とりあえず、明日はA級だから気持ちをきりかえて……ふぅ……よし！）

「トイレいってくる」

俺は一人、トイレにいった。

騎士から賢者へとジョブチェンジを果たす為《ため》に。

ちなみにジョブチェンジは2回した。

〜翌朝

「じゃあ、儂《わし》らはバカンスしておるから頑張ってこい！」

翌朝俺達はA級キューブへと向かった。

俺と天道《てんどう》さん、そしてレイナと田中《たなか》さんの4名。

凪《なぎ》、彩、会長は別の車で近くまではくるそうだ。

といってもキューブの中には入らないので、その辺で遊んでいるとのこと。

なんなら水族館にいこうとか会長がはしゃいでいるが、本当にあの人遊びにきただけなんだな。

それに彩がいないのは、少しよかった、昨日の今日でどういう顔で会えばいいかわからない。

「では、龍之介《りゅうのすけ》。今は朝の9時、そうだな、4時間ほど。13時には攻略する予定で頼む。13時半を過ぎた場合救援要請をだす。といってもお前達を助けられるような人物、この国には弓一《ゆみいち》君と会長ぐらいだがな」

「了解です、一誠《いっせい》さん。んじゃいくか、レイナ、灰」

「はい！」「わかった」

俺達は田中さん運転のもとA級キューブの前に下ろされる。

そこは何もない広場だった。

沖縄県那覇市、本来であれば都会とはいかなくても十分人が多い場所だ。

しかしあたりには何もない。

その真紅に染まる血の色のような紅《あか》い箱を除いては。

一度もダンジョン崩壊は起こしていないと聞いているが、それでもA級キューブが怖いのだろう。

俺だってもし力がなかったらこんな恐ろしい箱の近くに住みたくはない。

仮にダンジョンが崩壊したとしたら、鬼王、狼王《ろうおう》のような化物や魔物が跋扈《ばっこ》してあたり一面を血の海に変えてしまう。

それは普通の人なら抗《あらが》うことなどできない力の蹂躙。

「どうだ、坊主。ステータス見えるのか？」

天道さんが俺にステータスのことを聞いてくる。

というのも実はこの旅行中、俺は天道さんにこの眼《め》について話すことにした。

レイナの封印のことも聞きたかったし、なにより信頼したからだ。

田中さんと会長が信頼しているということは、すでに俺にとっても絶対の信頼をするに値する。

だから話したが、天道さんは『そうか』しか言わなかった。

信じてないわけではないだろうが、特に驚かず落ち着いて聞いてくれた。

俺はその真っ赤に光るルビーのような箱を見た。

A級キューブ、赤い箱、まるで血のような真紅の赤。

「……これがA級キューブのステータスか……」

残存魔力：87000／100000（+1000／24h）
攻略難易度：A級

◆報酬
初回攻略報酬（済）：魔力+50000
・条件1　一度もクリアされていない状態でボスを討伐する。
完全攻略報酬（未）：魔力+100000、クラスアップチケット（上級）、スキルレベルアップチケット（A級キューブ初回完全攻略報酬）
・条件1　ソロで攻略する。
・条件2　キューブに入ってから24h以内にボスを撃破する。
・条件3　レッド種を100体討伐する。
・条件4　条件1〜3達成後解放（エクストラボスを討伐する）

「案の定エクストラボス……S級相当がでてくると思った方がいいな。挑戦はクラスアップチケット使ってからのほうがよさそうだ……」

条件を見るにA級と特に変わらない。

エクストラボスの強さはわからないが、おそらくS級が出てくると見ていいだろう。

なら俺はせめて初級ではなく、上級の職業になってから挑戦しよう。

「じゃあいってきますわ、一誠さん」

「あぁ、龍之介、レイナ君、そして灰君《かい》。油断せずにな、無事を祈っている」

「うっす」

「はい……」

「はい！」

俺達《たち》はそのルビーの箱に触れる。

凛《りん》とした音と主に、異界の門が開かれる。

吸い込まれるように俺はキューブの中へと消えていく。

そして始まったのは、A級キューブ攻略。

半端な覚悟も、半端な実力も通じない強者のみが生き残る異空間。

人類が攻略したキューブの到達点。

しかし今だ完全には攻略はされていない。

「よし……いくぞ」

◇灰がキューブを攻略している時、彩達《あや》

「彩さん！　彩さん！　昨日どうなったんですか？　遅かったみたいですけど！」

「え？　えーっと……えーっと」

沖縄美《ちゅ》ら海水族館で観光を楽しむ彩と凪と会長。

その『ちゅ』という文字をみて彩が真っ赤になったのは言うまでもない。

彩は凪の突然の質問に慌てるように、わかりやすく動揺する。

「ふふ、告白には成功したようですね。さすがです」

「そ、そうね。成功……したのかな？」

今はイルカショーを見ているところ。

横で、景虎《かげとら》がほほぉ！　とテンション高く楽しんでいる。

彩は空を見上げて遠くを見た。

昨日自分がしたことが本当に現実だったのか、いまだに良くわからない。

それでも彩は目覚めてしまった。

昨日初めて自分の扉が無理やりこじ開けられたような感覚に、彩は性に目覚めた。

（また……キスしたいな……灰さんと）

意外と自分は性に対して貪欲だったことに気づく。

今すぐ灰に触れたいし、触れられたいし、あの強い腕で押さえつけられて無理やり……。

（彩……キスしようぜ、お前に拒否権なんてねぇから……な、なんて！

きゃぁぁーー!!)

絶対灰が言わないようなことを妄想する。

好きでなければ気持ち悪いセリフも、好きならば正直なんでも嬉《うれ》しい。

そんなピンクな妄想にふける高校卒業したての年頃の恋する乙女になっていた。

つまりバカである。

「彩さん、顔真っ赤……えっち……」

「え!? う、うそ!?」

「嘘《うそ》です。ふふ、図星ですね? エッチな妄想してたんですね? ほら、どうなんですか!」

「も、もう! 凪ちゃんの意地悪!」

(灰さん……今何してるかな……頑張ってるのかな……)

◇一方　灰達

「灰! そっち一体行ったぞ!」

「はい!!」

「ギャァァ!!」

俺達はA級キューブの中間あたりまで来ていた。

ここは洞窟タイプのようで、今までよく攻略してきたダンジョンと同じような形態をしていた。

「ふぅ……とりあえず大体倒しましたね。こんな見た目でなんて強さだ」

目の前には真っ赤なゴブリンの死体があった。

いわゆるレッド種と呼ばれる魔物の中の最強種、突然変異ともいわれる種族だ。

俺はそのステータスを見る。

名前：レッドゴブリン
魔力：40000
攻撃力：反映率▼25％＝10000
防御力：反映率▼25％＝10000
素早さ：反映率▼25％＝10000
知　力：反映率▼25％＝10000

スキルもない、反映率も低い。

だが、魔力は化物だ。

この小さな体に流れる魔力は鬼王や狼王を超える文字通りの化け物。

今の俺達なら難しい敵ではない、しかしこの敵が10体同時に現れた。

正直ソロでは今の俺でも難しいかもしれない。

だがここには、2人の最強がいる。

「坊主も相当やるじゃねーか。弓一よりもつえーんじゃねーか」

「弓一さんってもう一人のS級ですよね、まだお会いしたことないですけど」

「まぁそのうち会える。今海外だけどな……お、団体さんだぞ」

「灰、休んでて。私だけで十分」

岩陰から現れた赤い狼《おおかみ》達。

これもレッド種と呼ばれる最強種。

魔力5万を超える化物が3体。

「ガァァ！！！」

「光の盾……」

レイナが手のひらをウルフ達に向ける。

まるでバリアを張るように。

「ガァァ!?」

レイナに向かって音速並の速さで突撃するレッドウルフ達。

しかし、突如レイナの前に現れた銀色の壁に阻まれ強く頭を打った。

混乱するウルフ達。

そして、レイナは手のひらを横にして薙《な》ぎ払うように振るった。

「光の剣……」

その盾がなくなり、銀色の線がまるで剣のように空間を断絶する。

ウルフ達は抵抗もできずに切断された。

これがレイナが持つ2つのスキル、光の盾と光の剣。

シンプルゆえに強力。

あの盾は今の俺でも抜くことはできないだろう、そして光の剣は俺の防御力を貫くはずだ。

一切感情が動かない顔をしながら魔物達を一刀両断していく姿は、白銀の氷姫の異名に恥じないものだった。

その後ろ姿はまるで戦場に立つジャンヌ・ダルク。

綺麗《きれい》だなと俺は少し浮わついてしまう、そもそも憧れているのだから仕方ない。

俺はその後ろ姿に見惚《みと》れてしまったし、なびく銀色の髪を見て綺麗だなと思った。

「レイナもいつか誰かとキスするのかな……」

あの無表情な少女も誰かを好きになるのだろうか。

クールキャラというか、どちらかというと無表情キャラ？

でも昨日の彩のように真っ赤な顔で恥ずかしがりながらもキスにのめりこむ。

そんな恋を彼女もいつかするのだろうか。

それを想像すると少しだけ変な気分になる。

「おい、何鼻の下伸ばしてるかしらねぇがいくぞ。灰！」

「あ、す、すみません！」

その後も俺達は苦戦というほどではないが、楽勝というほどでもない戦いを行っていく。

攻略開始してからすでに3時間ほどだが、ついにボスの部屋まで来ることができた。

「地図どおりですね！」

「あぁ、その地図はレイナが書いたんだ」

「え!?　レイナ地図書けるんですか？」

「？……通った道をそのまま書くだけ」

「いや、そうだけど……」

「こいつこう見えて天才なんだよ。バレーの時見ただろ、彩の動きを一瞬で真似《まね》たの、何やらしてもすぐにできるようになっちまうんだ。俺の剣術、体術も全部一瞬で覚えやがって。嫌になるぜ」

「す、すごいですね……」

「私……すごい。もっと褒めて」

「へぇへぇ。お前はすげぇよ。んじゃサクッとボス殺して帰るか。俺がやるわ。今回は坊主のおかげで大分余力あるからな」

俺達はボスの部屋の扉を開こうとする。

強大な門、赤い宝石が散りばめられた禍々《まがまが》しい文様で大きさは小さなビルほどはあるのではないかと思うほど。

それを天道《てんどう》さんは両手で押し込みギギギッという音と共に扉が開いていく。

中には赤い狼がいた。

狼王《ろうおう》よりもさらに大きい狼。

だが、色は真っ赤、で名前はそのままルビーウルフ。

今確認されているウルフ種の中で最強の個体。

その魔力は9万を超え、A級上位の攻略者でも討伐はソロではできない。

アヴァロンの一軍でやっと倒せる、そんな存在だった。

だが、相対するこの傭兵《ようへい》はさらに規格外。

「坊主、見せるっていったよな。本気を」

そういう天道さんは、腰の剣を抜く。

真っ黒な黒刀、形は日本刀と全く同じだがその黒は光を一切反射しない闇というにふさわしい黒だった。

「ガァァ!!」

俺達の入場に気づいたルビーウルフが大きな声で吠《ほ》える。

そして音すら置き去りにする速さで、その巨体で向かってくる、まるで戦闘機のような速さ。

俺は神の眼《め》を発動する。

天道さんの全身から真っ黒な魔力が両手に集まり、刀へと伝播《でんぱ》していく。

深呼吸する天道さん。

まるで時間が止まったかのように静かな水面に水滴が垂れるような感覚。

そのタイミングで眼を見開いて、黒刀を振り下ろす。

「覇邪一閃《いっせん》……」

その一撃は、まるで世界が割れたような真っ黒な世界を作り出す。

それは斬撃だった、真っ黒な斬撃が剣から伸びてそのまま世界を断ち切った。

斬撃が飛ぶなんて、どこの死神の漫画だよと思ったが、真っ黒な斬撃はその直線状にあるものに存在を許さない。

つまり、ルビーウルフを一刀のもと両断した。

まるでウォーターカッターのような鋭利に真っすぐ切られた狼はその場で真っ二つに割れてしまう。

「どうだ、本気はすげぇだろ。バレーの時は手を抜いたんだ」

「天道さん、こんなもの彩に向けたんですか。そりゃ怒られますよ」

「だから手加減したって」

「龍が悪い。ちゃんと彩に謝って」

「……お前が言うか……全力でぶっ叩《たた》きやがって……ボールが破裂してなかったら人が死んでたぞ」

「はは、じゃあ……とりあえず魔力石を回収しましょうか」

俺達《たち》はそのまま魔力石を回収して、光の粒子に包まれるのを待った。

A級ダンジョンは特に難しいことはなく、ソロでもなんとかギリギリいけるかな？ ぐらいの感触を得た。

なので上級職にクラスアップできた後なら余裕はあるかもしれない。

その時は多分スキルももらえるはずだ。

一体どんなスキルがもらえるんだろうか。

「といっても問題はエクストラのほうだが……お？ きたな」

そう思っていると光の粒子に包まれて俺達は転移する。

暗転した視界が戻ると、真っ赤な壁に囲まれた箱だった。

ゆっくりと倒れて開いた箱。

「おう、無事攻略できたようじゃな。お疲れ！」

そこには会長と凪《なぎ》と田中《たなか》さんと彩《あや》が俺達の帰りを待っていた。

すると彩が俺に向かって駆けてくる、まるで練習終わりの女子マネージャーみたいに。

「灰《かい》さん！ お疲れ様です。これ濡《ぬ》れたタオルとスポーツドリンクです！」

「おい、坊主だけかよ。俺は？」

「龍さんは……はい、これ龍さんの荷物です。ご自分でどうぞ」

「……扱い違いすぎねぇか？……お前らできてんのかよ……」

「にゃぁ!? そ、そんなことはない……です？」

なんだこの可愛《かわい》い生き物は……。

俺を見て天道さんの言葉を少し肯定してほしいような声をして上目遣いで俺を見る彩。

自分のことを好きだと言ってくれているのを理解すると、すべての行動が可愛く見える。

これの現象に名前が欲しい。

「……ありがとう、彩。助かるよ」

「はい♥」

「彩のやつ……目がハートになってやがる」

「がはは、ひと夏の思い出といったところかのぉ……喜ばしいことじゃ」

こうして俺達の沖縄でのA級キューブ攻略は無事終了した。

だが俺にはこの後クラスアップダンジョン、そしてS級ソロ攻略が残っている。

だがまだ俺は知らなかった。

東京では、とんでもないことが起きていることに。

「やっぱり、わ、私も残りましょうか？」

「いや、ごめん。多分ソロになるから……何かあっても守れない。天道さん達と一緒にいる方が安全だ」

「そ、そうですね、すみません。では気をつけてくださいね！　私待ってます」

「おう！」

A級キューブを攻略したあと俺達はそのまま、別れることになった。

会長達は東京に戻り、俺だけがクラスアップチケットを使うことになる。

田中さんだけは俺のために残ってくれるそうだ、何かあった時すぐに病院にいけるようにとのこと。

何から何までお世話になってしまっている。

「じゃあ、私だけ灰君と残りますんで。お疲れ様です、景虎《かげとら》会長。椿《つばき》君によろしくお願いしますね」

「椿君……怒っとるかな」

「めちゃくちゃ怒ってると思いますよ」

「儂《わし》、返りたくない……ここに残る」

「じじぃ、ほら、帰るぞ。しっかり怒られろ。……おい、暴れるな！　木がもげるだろうが！　レイナ押さえろ！」

「わかった」

そういって天道さん達に連れていかれる会長は駄々っ子のようにも見える。

あんな図体《ずうたい》の駄々っ子は嫌だが、会長は諦めたように那覇空港へと向かっていった。

俺と田中さんだけ残って手を振りながら、みんなを見送る。

実はA級キューブは、あのホテルから数百メートルしか離れていない。

なので移動はすぐなのだが、長丁場になるかもと、近くのコンビニで食料を買い込んだ。

「さて、灰君。じゃあいくかい？　そのクラスアップチケットとやらで。とりあえず病院はここから目と鼻の先だ。ここには日本一の名医がいるから安心するといい」

「はは、大怪我《おおけが》前提ってのも嫌ですがね。それは心強い」

「そこに関しては残念ながら信用はないからね。死なないで帰ってきてくれたら何とかなるように手配しよう」

「そういわれると少しためらいというものが……」

「はは、さぁ行っておいで。私は仕事があるからね、ここで待っていよう」

そういうと田中さんは、車の中から椅子と机、そしてパラソルを出す。

広場に一瞬で快適空間を作り出しパソコンを開いて仕事を始めた。

どこでも仕事できるのはすごいなと思いながら俺は9枚のクラスアップチケットと、もう一つのクラスアップチケットを鞄《かばん》から取り出す。

「じゃあ、いきますね」

俺はその銀色のチケットを10枚束ねる。

直後光り輝くチケットが、1枚のチケットにまとまっていく。

「ほう、これが……ん？　色が銀色から変わっていくな」

「あ、あれ？」

銀色に光っていたチケット。

しかし、直後金色に変わって光り輝いた。

『使用者の魔力量が10万を超えていることを確認しました。騎士の紋章を確認。上級騎士昇格試験……上級から覚醒に変更します』

まさかと俺はその金色に光り輝くチケットのステータスを見る。

属性：アイテム
名称：クラスアップチケット（覚醒）（10／10）
入手難易度：S
効果：――
説明：魔力10万以上のみ参加可能
昇格試験（覚醒）を開始します。

転移まで、あと00：00：10

「……またこんな感じかよ!!　しかも後10秒って!!」

「ど、どうした!?　灰君！」

俺は行き場のない怒りと共にそのチケットを握りしめる。

もはやどうすることもできない、チケットを破ろうが捨てようが俺は強制転移させられるだろう。

ってか前もそうだけど隠し要素多すぎないか？　神の眼さんちゃんと仕事してください。

「はぁ……田中さん……俺……」

「俺？」

「生きて帰れないかも……」

そして俺の涙と共に視界は暗転した。

◇

「行ってしまったか……」

田中は灰の最後の涙を見て苦笑いしながら、とはいえ何もできないので待機する。

パソコンを開き仕事を始めようとした、その時だった。

一通の電話が鳴る。

「……はい。田中です」

「田中君か!? 儂じゃ、灰君は!?」

「今行ったばかりですが……」

「そうか、間に合わんかったか……」

「どうかしましたか？　そんなに慌てて」

「……儂も今聞いたばかりじゃが……奴《やつ》らが日本に来た。滅神教《めつじんきょう》じゃ」

「……どういうことです。来たとは、日本にですか？」

「そうじゃ。もうニュースになるころじゃろう。奴ら大司教クラスできよった。儂と龍之《りゅうの》介《すけ》、レイナはその対処に当たる。目的はわからんが、東京で暴れておるんじゃ」

田中は、すぐにパソコンを開きニュースをチェックする。

すると、東京にてテロ行為が発生、至急避難との見出し。

そして詳細は日本ダンジョン協会日本支部への爆破テロと無差別な攻略者への攻撃とあった。

「わかりました、私もすぐに対処を。アヴァロンの一軍を。弓一《ゆみいち》君は……確かＮＹですか」

「間が悪いことにな。では頼む、今椿君が対処に当たってくれているが……正直分が悪い。奴ら大司教ということはＳ級じゃ。しかも４人いるらしい」

「……Ｓ級が４人。では……米国にも支援を」

「あぁ……ＮＹのダンジョン協会本部にはすでに救援を要請しておる、しかし米国からでは半日はかかるじゃろうな。だから田中君はそこに残り灰君を待て。きっと彼の力が必要じゃ」

「わかりました」

そして田中はすぐに電話をかけなおす。

アヴァロンの一軍と呼ばれる全員がＡ級キューブを攻略した経験も持つ精鋭達《たち》。

ただし、相手はＳ級、人類最高戦力たち。

いかにＡ級とはいえ相手にならない。

だから、田中は待つ。

「灰君……早く戻ってこい……」

この国に新しく生まれたもう一人のＳ級を。

◇灰視点
「これで……10！」

俺は神の試練の時と同じような真四角の巨大な部屋にいた。

部屋には四つの支柱が等間隔に立っているが、大きさは前の比ではなく、２００メートルほどの立方体だろうか。

野球ができそうなほどには広い。

そしてそこには、10体の盾使いが待っていた。

「いや、そりゃ数は単純にきついけど。多すぎだろ。しかも全員魔力1万のA級だし」

俺はその盾使い達の残骸のステータスを見る。

名前：盾使い
魔力：10000
スキル：挑発
攻撃力：反映率▼25％＝2500
防御力：反映率▼50％＝5000
素早さ：反映率▼25％＝2500
知　力：反映率▼25％＝2500

「これで一応全部倒したけど……」

10体の盾使い。

数は多いが今の俺の相手ではなかった、ただし疲労だけはたまっていく。

俺はその奥の扉を見る。

直後ぞろぞろと現れる盾使いと魔法使い達。

その数は先ほどの倍はいるだろう。

「そりゃ、終わりなわけないよな――……」

俺は10体の盾使いと10体の魔法使い相手にミラージュを使う。

次にアサシンを含めた合計30体を相手にすることになるのだが。

「数揃《そろ》えればいいなんて安易すぎるぞ!!　くそ神がぁぁ!!」

◇少し時刻は戻り、灰《かい》達がA級キューブの攻略を開始した頃。
ここはダンジョン協会日本支部。

その取調室で厳重に拘束された男と一人のスーツの女性が机をはさんで向かい合う。

「で、お前達の目的はなんだ。少しは話す気になったか？」

その女性は椿。

ダンジョン協会会長の懐刀と呼ばれるA級覚醒者であり、覚醒者犯罪に関してを主に担当している。

日本の女性公務員の中ではレイナを除けば最も強く正義の女性、その目は鋭く一切の油断はない。

だがこのやり取りも何回目かもわからない。

今日も同じ質問をし、必ず同じ答えが返ってくる。

「既存の神の世界を壊すこと」

「お前達はそればかりだな、痛いのがお好みかな？　まさかこの国に拷問などないと思っているのか？」

日本語ではない言語で話すその男は灰によって倒された滅神教《めつじんきょう》のB級覚醒者。

滅神教《めつじんきょう》にとっては使い捨てだろうが、それでも世界の上位存在である覚醒者だった。

椿《つばき》は同じ言語で会話する。

「聞き方を変えよう、なぜ天地灰《あまち》を狙う。龍園寺《りゅうえんじ》彩《あや》は景虎《かげとら》会長の娘であり、S級だ、影響は大きい。まだ理解はできる。だがなぜアンランクの天地灰を狙う」

椿はあれから調べたが、協会にはアンランクから成長し、C級として登録されていた。

そんな偶然はないと思ったのだが、会長に問いただすとふざけた顔で今はひ・み・つ♥と言われた。

ぶん殴ってやろうかと思ったが会長は痛覚がないし、殴ったこっちがケガをしそうなのでやめたが。

「ふっ。アンランク？　あれが？　バカなことを言うな。我らはただあの男を殺せと命令されただけだ。どちらかというとあの女の方がついでだな」

「……一体どういうことだ、お前達は何を狙っている。ただテロ行為をして力を示したいだけではないのか？」

「テロ行為？　ふふふ、ははは！　何を馬鹿なことを言っている。我らはいつだって目的のため行動している。既存の世界を壊し、新たな世界を創造するためなのだ。力を誇示したいだけのわけがないだろう、我々は我らの未来のために動いているのだから。既存の神が我々から奪い取った世界を」

椿は諦めたように目を閉じる。

滅神教《めつじんきょう》は捕まえたことはある。

しかし全員がこれである。

『既存の神の世界を壊す』

その方法も、やり方もわからずにただそれが目的だと話すだけだった。

間違いなく洗脳されているのだろうことはわかる。

椿が今日も諦めて立ち上がろうとした時だった。

「俺からも1つ聞かせてくれ」

「……なんだ」

椿はその質問から何か情報が引き出せないかと質問を受け取ることにする。

「今は何日の何時だ？」

「時間？……今日は9月30日、時刻は昼の12時を回ったところだ。それがどうした」

「ふふふ、そうか。そうか。ではもうすぐだな」

「何がだ」

「我々からの報告がないからな……あの方々が来るぞ。もうすぐだ、もう、すぐそこまでこられているぞ。あの方々が！」

「何を……」

その時だった。

ドーーン!!

強大な爆発音とともに、協会の建物全体が揺れた。

何が起きたと椿は立ち上がる。

慌てて職員が扉を開けて椿を呼んだ。

「椿さん！　強大な火の魔法が協会本部に落ちました!!　今の規模は最低でもA級。下手をすれば……S級かもしれません！」

「なんだと!?　すぐにいく！　お前は会長に連絡しろ！」

椿は取調室を後にした。

ただ一人、その男だけはずっと高笑いを続けている。

「こられたぞ！　大司教様達がお越しだ。終わりだ、この国は。大した力もないくせに、神の寵愛《ちょうあい》を受けたばっかりに。この極東の島国は終わる。……ふふふ……ははは！！！」

◇時刻は灰が騎士昇格試験中へと戻る。
俺はあまたの屍《しかばね》の上に立っていた。
30、あまりの数の多さに笑ってしまう。
しかも全員が魔力量1万つまりはA級ということ、こいつらだけで1クラスできてしまうぞ。

連携は人間ほどは取れていなかった、それでも苦戦はさせられた。

しかし俺は勝利した。

「……これが魔力の差か。たとえA級下位が30いようともS級には勝てないっていう証明だな」

俺は自分のステータスを見る。

B級キューブを全力で攻略し続け、そして彩によって最高のアーティファクトを装備している今の俺の力を。

名前：天地灰
状態：良好
職業：初級騎士（光）【初級】
スキル：神の眼《め》、アクセス権限Lv2、ミラージュ
魔　力：251185
攻撃力：反映率▼50（＋30）％＝200948
防御力：反映率▼25（＋30）％＝138151
素早さ：反映率▼25（＋30）％＝138151
知　力：反映率▼50（＋30）％＝200948

装備
・龍王の白剣（アーティファクト）＝全反映率＋30％

彩のアーティファクトによって、すべての能力が30％上昇している。

それに関東のB級キューブはほぼすべて攻略するぐらいの勢いで攻略したため俺の魔力は今25万となっている。

一日2つ回るのが限界だったので一週間で13個ほど攻略した。

30の敵をなぎ倒した俺は肩で息をしながらも扉の先に進むのかと思い、歩いていく。

すると、その敵が現れた扉は真っ黒なだけで次に進めなかった。

「これはここで待機ってことか？」

おそらく今回のダンジョンはまるでタワーディフェンスのように押し寄せる敵を駆逐していくのが目的のようだ。

だから俺は今座り込んでコンビニで買ったサンドイッチと水を食べてスタンバっている。

疲労はあるが、傷と呼べるほどのダメージはないためできるだけ体力を回復しておこうという状態だ。

正直走り回ったので、少し息が切れている。

「初級が来たってことは……次は上級の奴《やつ》らがきそうだよな……そういえば初級騎士の上級ってなんなんだろう、上級騎士？」

盾使いと魔法使いの上級は知っている。
パラディンとウィザードだ。
といっても基本はそれだろうが、実際は派生しているのだろう。
会長のバーサーカーはおそらく盾使いからの派生だ。
もしかしたらその人の適性に合わせた職業内容に変わるのかもしれない。
なら俺の騎士の上は何だろうか。
そもそも騎士とは何なんだろう。
この俺の首にかかっているランスロットと書かれたタグ。
それを付けていると昇格試験が、騎士昇格試験へと変わっている。
「でも初級にしては、騎士の力は異常だとは思うけどな……」
他の職業に比べて騎士の強さは一段上の気がする。
といってもほとんどサンプルがないから思い込みかもしれないが。
「……来たか」
ガシャンガシャン
鎧《よろい》が歩く音がする。
俺は水で食べ物を流し込み立ち上がる。
剣を構えて油断せずに、現れた敵を見据えた。
真っ黒な扉の先、闇の中から二体の敵が現れた。

「……だろうと思ったけど……最初の昇格試験を思い出すな」

そこには、豪華な鎧と大きな盾を持った騎士、パラディン。

あのダンジョン協会の椿さんと同じだ。

そしてもうひとり、まるで田中《たなか》さんのような豪華なローブを着た魔法使いの上級職。

ウィザードがいた。

敵はどうやら2体のようだ。

「2体か……はは、さすがにもうそんな油断はねぇよ」

だが、今の俺に油断はない。

神の眼を発動し、世界を見る。

黄金色に輝いた瞳は、灰色の世界を彩づかせ、世界の真実を映し出す。

俺は何もないはずの虚空に向かって剣を振るう。

なぜならそこには。

キーン!!

「——見えてるぞ！　アサシン！」

3体目の暗殺者が俺の命を狙っていたから。

「そうか、アサシンの上級職はお前か」

俺はそのステータスを見る。

名前：シャドウアサシン
魔力：10000
スキル：無音、隠密《おんみつ》
攻撃力：反映率▼50％＝50000
防御力：反映率▼25％＝25000
素早さ：反映率▼50％＝50000
知　力：反映率▼25％＝25000

「魔力10万……ぎりぎりS級か。それにシャドウアサシン……スキルは隠密？」
俺はその初めて見るスキルの詳細を見た。

属性：スキル
名称：隠密
効果：自身の知力が対象の知力より高いほど自身を視認しづらくする。

「なるほどな……まさしくアサシンの上級スキルって感じだな……」
すると俺に一撃を止められたシャドウアサシンは、揺らめくように俺の視界から消えていく。

あれ？　結構ずるくない？　俺のミラージュに似てるな。

だが神の眼を発動すれば魔力がくっきり見えるため正直俺にはあまり効果がない。

おれはそのまま後ろの2人のステータスも確認する。

ウィザードは田中さんと同じ、ファイアーボールと、ファイアーウォールというスキルを持っていた。

2つの違いは速度だろうか、ファイアーボールは威力は高いが詠唱時間が長い、大体5秒ほど。

しかしファイアーウォールはかつて俺が田中さんに助けてもらった時のように、即時発動だ。

どれだけ続くかはわからないが炎の壁を作り出し、視界を妨げたり様々なことに応用可能だろう。

「面倒だな……でもやっぱり一番厄介なのは……お前だよな」

もう一人、盾使いの上級職、パラディン。

前の昇格試験でも大変苦労させられた憎い敵、あの協会職員の椿《つばき》さんとも同じ職業だ。

そのスキルに『守護結界』というものがあった。

そしてその能力は。

属性：スキル

名称：守護結界
効果：対象を一人、選択する。
その選択対象が受けるダメージはすべて自分が肩代わりする。
その際、防御力は知力の分上昇する。

「めちゃくちゃ面倒だ……無視できないのか……」

守護結界の名にふさわしい誰かを守ることに関してはピカイチのスキル。

でもやっぱりこの目はすごい、スキルの効果を知っているというだけでどう戦えばいいかの検討がつけられる。

能力を知るということは、スキルという能力の戦闘においてこの上ないアドバンテージだった。

するとシャドウアサシンがパラディンとウィザードの横に立ち、かつて倒したパーティの上級職達《たち》が俺を見る。

俺は彩《あや》特製涎《よだれ》の剣、失礼、龍王石の白剣を構えて相対する。

真っ白で美しい龍の力が込められた剣。

彩の愛が籠もっている俺を守ってくれる最高の剣。

眼を黄金色に輝かせ、戦闘態勢、一切の油断もありえない。

俺は一歩一歩とここまで昇ってきた。

本物の戦士になるために命を懸けて戦って。

「ふぅ……多分お前達で終わりじゃないし……できれば無傷で勝たせてもらう!!」

俺はミラージュを発動する。

姿を隠し、ウィザードの前に走りぬく。

ミラージュは俺の姿を隠し、ほぼ確定の一撃のはずだった。

しかし、それは阻まれる。

正確には、防御力の高いパラディンへ一撃が飛んでいく。

白く輝くオーラのようなものがウィザードの体を包み込んでいる。

「これが守護結界……くそっ！　めんどくせぇ!!」

パラディンは俺の一撃を肩代わりしてよろめくが、致命傷ではないようだ。

さすがに知力＋防御力では、そもそも防御力に特化したパラディンは簡単には抜くことができない。

直後、詠唱が完了したファイアーボールが放たれたので俺は一度距離を取る。

かつてのファイアーボールとは比べ物にならない熱風が生物が存在できない空間を作り出す。

しかし俺もかつてとは明らかにステータスが異なっている。

危なげなく躱《かわ》し、ダメージは皆無。

とはいえ直撃すれば大火傷《おおやけど》は免れないほどの小さな太陽。

これがS級のファイアーボールか。
俺は再度ミラージュを発動させて、闇に紛れようとした。
が、直後部屋に響き渡る怒声のような声。
「ウォォォ!!」
それは挑発だった。
俺は強制的に意識を持っていかれ、ミラージュは一瞬解除される。
挑発の強みである広範囲へのデバフ効果。
その隙を逃さないように、炎の壁が俺へと迫る、ウィザードの炎の壁。
「本当に面倒だな!!　じゃあお前から!!」
炎の影が俺に迫るがそれほどの速度はないので、簡単に躱す。
その代わり視界が遮られて俺の前にはパラディンのみ。
だがそれなら好都合。
一番面倒なこの前衛職を先に殺せばいい。
俺はそのままパラディンへと駆けていく。
だが俺はにやりと笑った。
……なぜならそれはただのブラフだから。
「……そんな簡単なわけないよな!!」
パラディンへと攻撃すると見せかけた俺は、神の眼《め》を発動し後ろを振り向く。

なぜなら炎の壁の奥から隠密で隠れたつもりの魔力が溢《あふ》れているのが見えたから。

この炎の壁の目的は、ただの目くらましだったのだろう。

攻撃のように見せ、俺を誘導した炎の壁が揺らめいて開いていく。

その炎の中から現れたのは、隠密を発動した暗殺者。

にやりと笑って俺の背後から一撃を決めようとしていた。

だから俺は気づいていないふりをした。

「本当にこの眼とお前は……」

俺は振り向き際にシャドウアサシンの一撃をギリギリで躱す、それこそ肌にその切っ先がかすり傷をつけるほどに。

気づかれているとは思わなかったアサシンはそのまま体勢を崩す。

「最悪の相性だな!!　アサシン!!」

俺はそのまま剣を握りしめ真っすぐと全力の振り下ろしを叩《たた》きつける。

衝撃で石の地面がまるで水のようにはじけ飛び、アサシンは背中からくの字に地面に突き刺さる。

そのままアサシンは絶命した。

「……あとはお前ら2人だな……」

白く光る龍王の剣をパラディンへと向けた。

俺の眼は一切の恐れも油断も映さない。

アサシンを失ったパラディンとウィザードでは相手になるはずもない。

俺は真っすぐパラディンへ。

守護結界で守られているパラディン、しかし、今の俺の攻撃を無力化できるほどではない。

後ろで魔法を飛ばしてくるウィザードもパラディンが射線に入るように戦えばほとんど効果がない。

3体だからこそ成り立っていた連携は、もはや2体ではどうしようもなく、俺はパラディンと切り合う。

一太刀目、パラディンの剣を打ち上げた。

二太刀目、パラディンの盾を持つ手を切った。

三太刀目、パラディンの首に剣を突き刺し、絶命させる。

俺は倒れたパラディンを見ながら、首だけでふりむいてウィザードを見た。

「あとはお前ひとりだな、魔法使い」

俺の言葉に一切の反応もみせず、精一杯魔法を放ってくるウィザード。

だが魔法使いが単独で騎士に勝てるわけもなく、ファイアーボールも、ファイアーウォールもすべてを躱して目の前へ。

焦るウィザードを一切の躊躇《ちゅうちょ》なく一刀のもと切り伏せた。

「……ふぅ。なんとか予定通りだな。この眼の力か。正直この眼じゃなかったらこいつらに一人で勝てるS級いるのか？……天道《てんどう》さんなら……普通にボコボコにしそうだな」

俺は少しだけ乾いた笑いを浮かべる。

あの最強の侍はきっと俺よりも戦いが上手《うま》く、俺よりも魔力も高い。

情報は命だが、でもきっと最適解を導くのだろうな。

それでもステータス、スキル、そして魔力の動き。

そのすべてが見えるこの眼は想像よりもチートだった。

俺の中のチートといえば、死ねといえば相手が死ぬとか、ワンパンで相手が死ぬとかそういう類でこの眼は正直神と名がつくのに地味だなと思っていたが。

「さてと……多分ここまでで上級は終わりだろうな。後は覚醒と呼ぶぐらいの相手が出てくるのか……」

俺はその場で座り込み休憩しながら真っ黒な扉を見つめる。

上級相手にそれほど苦戦しなかったのは、間違いなく戦士として、そして騎士として高みに昇っているから。

その時だった。

あの音声が俺に告げる。

『……上級騎士をスキップ……覚醒騎士を召喚……現在の属性……光……進化先、確定しました。覚醒……雷光』

俺は休息から立ち上がる。

なんとなくだ。

なんとなくだが、次に現れるのは今までの敵とは格が違う相手だと思った。

俺は初級騎士との戦いを思い出す、あの時も死ぬほど苦労した。

それが上級騎士をすっとばし覚醒の騎士が現れるという。

覚醒騎士と呼ばれる敵は、レイナや天道さんのような破格の力を持っているはず。

それはきっと、俺が今まで戦った敵の誰よりも。

「……お前が最後の敵か。痛いほど感じるよ……」

強い。

真っ黒な扉、その闇の先から足だけが一歩、部屋に入る。

俺はその敵から放たれる痛いほどの魔力を感じた。

全身が痺《しび》れるような感覚、緊張感が一気に高まり、体が冷たくなっていく。

まるでいきなり氷水にでも放り込まれたような、雷に打たれたような明確な覚悟と殺意の魔力を感じる。

その敵はゆっくりとこの部屋へともう一歩を進める。

そして全貌が見えていく。

白と黄色の装飾が施された鮮やかな甲冑《かっちゅう》。

見まごうことなき騎士の佇《たたず》まい。

俺は即座に神の眼でステータスを見た。

「ライトニング……」

その騎士は雷の名を冠する騎士。

名前：ライトニング
状態：弱体化
職業：覚醒騎士（雷）【覚醒】
スキル：ライトニング
魔　力：300000
攻撃力：反映率▼75％＝225000
防御力：反映率▼25％＝75000
素早さ：反映率▼50％＝150000
知　力：反映率▼50％＝150000

装備
・騎士の紋章

「魔力30万……天道さん達《たち》を除いたら今までの誰よりも強い」

俺の魔力は25万、対するこの騎士の魔力は30万。

そもそも魔力が大きくなりすぎて5万の差が大して大きく感じないがそれは違う。

魔力5の頃に、魔力5万の龍王や鬼王と対面したらわかるだろう、相手にならない。

といってもこの差はそれほどの絶望はない。

もちろん、素手でナイフと戦ったら敗北は必須だが、果物ナイフと軍用ナイフで戦えば戦いようによっては勝てるはず。

お互い相手の命に触れるだけの火力は持っているのだから。

それに反映率のおかげでステータスの数値だけを見るなら俺の方がいくらか強い。

「彩《あや》のおかげだな……生きて帰ったら全力で感謝のハグをしないと」

俺はその手に握った龍王の剣をもう一度強く握る。

彩の愛が込められているはずの純白の剣。

あのクールのはずのお嬢様は、俺がぎゅっと抱きしめたら一体どんな顔をするのだろうか。

また真っ赤な顔で慌てて照れて、可愛《かわい》い顔をしてくれるのだろうか。

「絶対見ないといけないな……だから、俺は生き残る！」

俺は油断せず前を向く。

魔力の差はそれほどない。

ならば勝負を分けるのはスキルの差。

だから俺はその『ライトニング』と書かれたスキルの詳細を見ようとした。

黄金色に輝く眼で俺の前に立ちはだかる白と黄色の甲冑を着た騎士。
その一挙手一投足を油断なく見つめ、ステータスの詳細を見ようとした時だった。
俺に向かってゆっくりと俺の剣と同じぐらい真っ白な剣を持ち上げる。
戦闘態勢、切っ先を俺に向けた。
戦闘開始の合図なのかと俺も剣を掲げて身構えた。
神の眼も発動して、何が起きても対応できる。
そう思ったのに。
バチッ
俺の耳に乾いた音がした。
まるで静電気のような、電気がはじけるような音。
俺が一瞬だけ瞬《まばた》きした瞬間だった。
俺は本当に瞬きをしただけ、それこそ一秒の満たない刹那の時間。
神の眼も発動しているので、魔力の動きも見えていた。
仮に音速の速度で動かれようが、見失うなんてことはない。
なのに。
「!?」
俺はその『白い稲妻』を見失った。
それは、はっきり言うと運だった。

意識も思考も回っていない、なのに体が勝手に動いてくれた。
数か月だが何度も死というものを乗り越えた俺だからこそ。
死という感覚を誰よりも経験してきたからこそ、俺の体は思考を超えて反射で動いた。
後ろで鎧《よろい》が擦れる音がした。
右から剣が空気をつぶすような音がした。
首筋にナイフを当てられているかのような死の音が迫ってきた。
いつだってギリギリの戦いを超えてきたからこそ。
「ぐっ‼」
俺の体が無意識の中で、俺の命を守ってくれた。
すれすれで俺の首筋を狙った剣、その剣と俺の首の間に何とか龍王の剣をねじ込んだ。
両手で握った剣が、ものすごい勢いで横から殴られたような衝撃が走る。
俺の全身が痺れるような振動を受けこけそうになるが、何とか踏ん張る。
何が起きたか理解できない俺はそれでも、必死に頭を回転させる。
倒れそうな体勢を整え、その背後に現れた騎士に剣を振るった。
その一撃を躱《かわ》そうと後ろに飛びのいた騎士。
一瞬だけ俺に思考する時間が与えられる。
（なんだ……今の……一体なにがおきた……）
俺はその白い騎士のステータスを見た。

早く見ろ、早く何が起きたか理解しろ、じゃないと。

「……なんだよ、そのスキル」

死ぬ。

属性：スキル
名称：ライトニング
効果：
・視界内の影へと雷光の速度で移動可能。（失敗時：CD1秒）
マーキングした相手に対しては、視界外からでも対象の影の上に稲妻の速度で移動可能
※マーキング：対象（生物）の影を一度踏む。
・触れている物体も同時に移動する。

俺は一瞬でその文字を読み理解した。

つまるところあいつは視界内の影に稲妻、つまり光の速度で移動してくるのだろう。

加えてもう1つ、もし俺の影を一度でも踏めばマーキングされる。

マーキングした相手は、どこからでも俺の影に移動することができるらしい。

それは、対象（生物）と言及していることから無機物はできないようだ。

「チ、チートじゃねーか！」

雷光の速度で移動する？

それは光の速度で移動するということだ。

光にも速度はあるとはいえ、この地球上に光が距離を感じるような場所はほぼないだろう。

つまり、瞬間移動と同義。

古今東西ありとあらゆる創作物において瞬間移動は確実にチートだ。

人類の夢でもあるその能力を有したスキルに俺はチートだと叫ぶ。

バチッ！

その俺の魂の叫びと同時にまた『ライトニング』が発動された。

俺の視界から完全に消えて俺の後ろ、背後の影へと稲妻の音と共に移動する。

能力を知っていたからこそ、俺は消えた瞬間後ろを振り返り、その一撃を防ぐことに成功した。

そいつは、そのまま付近の影へと再度スキルを使用して距離を取られる。

俺はとりあえず走って逃げた。

戦略を立てるにしても、まずはあいつの攻撃から逃げなくてはならない。

だが、俺はすぐに気づく。

ライトニング、その能力の本当の怖さを。

「はぁはぁ……くそ、魔力の動きでいつ転移するかはなんとなくわかるけど……どこに転移するかは全くわからない」
ライトニング発動直前、魔力がまるで感電したかのように震える。
だから発動するのはわかる。
俺は支柱の裏に一旦逃げた。
だが、逃げた瞬間に気づく。
「……違う！　逃げても!!」
気づいたと同時に目の前にそいつは現れる。
瞬きした瞬間、俺の影の上に光の速度で現れて剣を振り上げている。
『ライトニング』のもう1つの力。
一度踏んだ生物の影の上ならばどこにいてもそこへと転移できる。
たとえ視界内にいなくても。
「くそっ！　隠れることもできない！」
振り下ろされた剣を、ギリギリで顔の目の前で受け止める。
鼻先に受け止めた剣が触れるほどギリギリ。
闇を照らす光の力。
夜を照らす一筋の稲妻は、どこに逃げようとも。
何度でも俺の闇に落ちてくる。
俺は、『ライトニング』に防戦一方だった。

全てにおいて相手が主導権を持っている。

雷の速度で、周辺の影へと移動する騎士。

こちらは全力で集中し続けて、なんとかぎりぎり反応して受けることしかできない。

攻めようものなら、距離を取られる。

隠れようものなら、俺の影の上へと現れて攻撃される。

稲妻を表すライトニング。

それは闇を照らす一筋の光。

ただしこの場合、俺の影を照らすという意味はそのまま俺を殺すという意味と同義なのだが。

「……はぁはぁ」

俺の体には受けそこなった切り傷が多くできている。

傷こそ深くはないが、それでもヒリヒリとした痛みが体中で俺を蝕《むしば》む。

光明が見えない、ライトニングなのに。

……いや、そんな冗談言っている場合ではないんだが。

「くそっ！　捕まらない！」

何度も捕まえようと近づくが、そのたびにライトニングで移動されて捕まらない。

だがしばらくの攻防の中、２つだけわかったことがある。

視界内の影に移動する時は『ライトニング』が纏《まと》う魔力がその転移したい影の方向に少

しだけ動く。

とはいえ、方向がなんとなくわかる程度でどこに移動するかはわからない。

もう一つは俺の影に移動する時は、真上に魔力が震えながら伸びていく。

おそらくその瞬間移動に関しては、どこにでも行けるから方向というものはないのだろう。

天に向かって昇っていき、稲妻のように降りてくる。

ほんの微々たる差。

神の眼《め》をもってしてもその微細な差を見つけることしかできなかった。

これを見つけるために、何度切られたか。

これが覚醒した騎士の力。

「はぁはぁ……こりゃまた輪血コースか」

地面が俺の血で少し赤く染まっていく。

まだ意識は問題ないし、大した量の血を流してはいない。

『ライトニング』の転移は脅威だが、ステータス自体は俺の方が少し高く深手を負わないぐらいで済んでいる。

「いや、輪血コースとかの前に……くっ！」

再度俺の背後に飛んでくる『ライトニング』。

俺はその振り下ろされる白刃を、龍王の剣で受けきる。

「死ぬ！」

俺は『ライトニング』から再度距離を取る。

神の眼で見つめると、その真っ黒な魔力が真上に動く。

「俺の影への移動！」

それは俺の作り出す影への瞬間移動の合図。

俺は後ろの影にすぐに振り向いて、剣を構える。

案の定現れる白い騎士。

しかし、剣を交えずにすぐにまた別の影へと瞬間移動する。

俺が受けきると判断したようだ。

俺の視界外から消えた白い騎士、俺は後ろを振り向く。

目の前にいないということは後ろにいると思ったから。

「!?」

しかし、背後にもいない。

「やられ――!?」

その騎士は俺の背後の別の影に瞬間移動し、俺が振り返ると同時に俺の影へとまた移動していた。

振り下ろされる白刃が俺の命を刈り取ろうと、まるで稲妻のごとき速度で振り下ろされる。

俺は考えるよりも先に体が動き、すぐに後ろにのけ反った。
最適な動きのはずだった、それでもほんの少しだけ間に合わなかった。
「ぐぁぁぁ!!」
受けそこない、逃げそこなった俺の胸は縦に切り裂かれる。
幸い内臓には届いていないし、皮膚と表面の筋肉が切断されただけ。
しかし熱く燃えるような、まるで火に焼かれているような痛みが俺の胸を焦がす。
血が大量に噴き出した、致死量ではないが意識が朦朧《もうろう》とするには十分な量。
(……ミスった)
消えそうになる意識、このまま追撃されたら死ぬしかない。
(……倒れるな)
俺はそのまま後ろに倒れそうになる。
(……足に力を入れろ、意識を離すな)
消えそうな意識、それでも俺はその手を放さない、放したくない。
ここで少しでも気を抜いたなら、ほんの少しでも死を受け入れてしまったのなら。
俺はこのまま死ぬかもしれない。
(……だめだ、死ぬわけには)
なんで?
なんで死ぬわけにはいかない?

凪《なぎ》も救ったのに何でまだ生にしがみついている？
なんでまだ俺は死にたくないんだ？
俺はもう十分やったはずだ。
ＡＭＳの治療法も見つけた、死にそうだった人もたくさん救った。
最弱だった俺にしては十分にやったはずだ。
なのになんで俺はこんなにも。

＊

「待ってます、返事……ずっと、いつまでも」

＊

生きたいんだ。
「あぁぁ！！！」
俺は腹の底から声を出す。
死にたくない理由なんて、単純だった。
死にたくない理由なんて、死にたくないだけでいいだろう。
まだやりたいことはある。
俺にはまだやらないといけないことがたくさんある。
こんな俺を待ってくれている人たちがいる。
だから俺は倒れそうな足にもう一度力を入れる。

その眼に黄金色の炎を灯《とも》す。

思い出すのはあの真っ赤な顔で照れながら俺を見つめる少女。

「はぁはぁ……童貞のまま死ねるか。俺にも、こんな俺にも――」

それは笑ってしまうほど単純で。

「――好きだと言ってくれた人がいるんだ!!」

心の奥から沸き上がる正直な気持ちだった。

白い騎士が、俺に向かって追撃してくる。

俺は手放しそうな意識を再度覚醒し、もう一度強く剣を握る。

俺は後ろへ全力で飛んだ。

白い騎士は、『ライトニング』を発動し、追撃しようと魔力が天に昇る。

俺は背後の影へと体を向けて、現れたところをタイミングを合わせてそのまま切りかかろうとする。

しかし。

ブン……。

「な？」

しかし、『ライトニング』は飛んでこなかった。

むしろその真上に伸びた影のような魔力が反転し、感電したように震えている。

俺は自分の影を見た。

この部屋の光源はいたるところにあるが、今たまたま俺の影が光源が重なり一瞬小さくなった。

小さくなった影は、転移できるだけの大きさはない、つまりライトニングの対象にならなくなった。

「そうか……この（失敗時：CD1秒）ってのはそういうことか！」

そのスキル説明に記載されている文言。

失敗とは何を差すのかわからなかった、でも今わかった。

「お前、瞬間移動する直前に影が小さくなったら失敗するのか」

俺の考察は正しいだろう、必要な影の大きさは正確にはわからないが、ある程度の大きさは必要だと思う。

それがスキル発動中になくなると1秒という一瞬の時間スキルが打てなくなる。

それは稲妻の速度で移動する存在に比べたら永遠にも感じるほどの長い時間。

『ライトニング』は初めて動きを止めた。

正しくはそのチートスキルによる猛撃を止めた。

まるで金縛りにあったように、スキルが封印される。

ただし普通に動くことはできるのだろうが。

「ありがとう、彩《あや》。彩のおかげだ」

それに俺は光明を見出《みいだ》した。

チートスキルの『ライトニング』。

その唯一の弱点である失敗時のCDに。

捕まる気がしなかったこいつを捕まえる方法をやっと思いついた。

「見つかったよ……可能性が」

俺は心の中で彩に感謝する。

死の淵《ふち》で思い浮かべたのは、最愛の家族、そして彩。

まだこの気持ちが何かわからない、でもきっと何か名前を付けるのなら……。

今は彼女に会いたいという気持ちが膨らんでいくのがわかる。

俺は確かな覚悟と確信をもって、再度剣を構える。

灰色だった世界はこの神の眼で、黄金色に彩づいてその眼に宿す金色の炎が、輝く光で稲妻をも照らす。

白い騎士が現れた時と全く同じように俺は剣の切っ先を真っすぐ向ける。

「最後の駆け引きだ。ライトニング。1つでも選択を間違えたほうが……」

今俺が持っているもう1つの武器。

この場をひっくり返せる唯一のアイテムを思い浮かべて。

「負けだ」


俺の最後の攻防が始まった。

右手には剣、そして左手にはもう1つ、俺のポケットに入っていたものを。
薄暗い部屋、俺の影をはっきり映し出す天井の光源を見る。
俺は真っすぐと駆け出した。
案の定、『ライトニング』は稲妻の速度で周囲に移動し、行方をくらませる。
これは想定通り、通常の他の影への瞬間移動、これは俺には止められない。
でも、方向だけはわかる。
俺はすぐにその方向を振り向く。
少しでも遅れて見失うと、次の瞬間移動の方向がわからないからだ。
『ライトニング』は雷鳴轟《とどろ》かせ、まるで転移のような瞬間移動を繰り返す。
俺は集中力を切らさない。
瞬《まばた》きすら致命傷となりうる限界の戦い。
ヒットアンドウェイを繰り返す白い騎士の攻撃に体中に生傷が増える。
それでもいつか来るそのタイミングだけは絶対に逃がさないように目をそらさない。
それだけで世界は変わって見えると、俺はもう知っているから。
こいつに集中力の限界があるのかわからないが、我慢比べだ。
絶対に俺は諦めない、たとえ脳が焼き切れようが最後の最後まで集中を切らさない。
『ライトニング』が次、俺の影に転移してきた時。
その時が勝負の分かれ道だ。

俺はひたすら待った。
それをこいつもわかっているのかもしれない。
10秒。
20秒。
そして1分。
一度たりとも俺の影の上には瞬間移動せず、四方八方から俺に切りかかる。
俺は時間すらも忘れて没頭した。
時間が緩やかに感じていくのは、きっと走馬灯に近い感覚なのだろうか。
(体が軽い……)
俺は自分の体が完全に制御できていた。
どんな動きも今ならできる気がすると、すべての攻撃を急所から逸《そ》らす。
それは努力に努力を重ねた一流のスポーツ選手だけに、ふと訪れる夢の時間。
どれだけ恋焦がれて願っても気まぐれにしか開いてくれない閉ざされた扉。
死の間際、俺は笑ってその扉を開いていた。
俺の世界はスローになって、時の流れを緩やかにする。
それは神の眼《め》の力なのか、俺の力なのかもわからない。
今なら丸一日でもこうしていられる。
それほどに俺の動きは洗練されていく。

長い攻防、命のやり取り、そしてその時はやってきた。

俺の周囲を稲妻の速度で動き回る『ライトニング』。

部屋にある4本の支柱が、俺と白い騎士の間に聳《そび》え、一瞬俺は白い騎士の死角になりそうになる。

俺は思った、ここだ。

ここであいつは必ず仕掛けてくると。

そして支柱の裏に行った『ライトニング』。

そのギリギリで、騎士の体を取り巻く魔力がその真上へと昇っていくのが俺には見えた。

おそらくその支柱の裏では、白い騎士が俺の影へと移動するため『ライトニング』を発動しているはずだ。

だから俺は、先ほどと同じポイントに全力で走る。

そのためにこのポイントの周辺で走り回っていたのだから。

完璧なタイミング、俺の影が一瞬消える。

奴《やつ》はスキル『ライトニング』が失敗し、スキルのクールダウンの1秒に入ったはず。

俺は全力で、走り出す。

その支柱の裏、1秒の猶予。

このタイミングで捕まえるしかない。

支柱の裏の動かない騎士へと剣を振り上げる。

「あぁぁぁ!!」
まだ1秒は経《た》っていない。
成功した、捕まえられる、この一撃にすべてを賭ける。
(いける!)
俺が剣を振り下ろす、当たる直前だった。
もう1秒のクールダウンの時間がくる、しかし確実にまだ1秒は経ってない。
勝った。
そうおもったのに。
鎧《よろい》に隠れて一切の表情がわからなかった白い騎士。
その白い騎士が一言だけこういった。
『残念だ……』
直後、その騎士を覆っていた真っ白な魔力が天を向く。
それは『ライトニング』が俺の影へと瞬間移動をするための予備動作。
俺は眼を見開く。
まだ1秒は経っていない。
つまり、白い騎士は俺との駆け引きに勝っていた。
あの時死角で俺の影へと『ライトニング』を発動する振りはブラフだった。
だから失敗はしていないし、クールダウンも存在しない。

俺が俺への『ライトニング』を待っていることを読んでいたのだろう。
誘い込まれて、俺はまんまとおびき出された。
振り下ろす剣、もう止まれない。
今俺の背後に転移されたのなら俺は防ぐすべがない。
「あぁぁぁ!!」
俺は剣を右手だけで握りしめ叫ぶ。
それを見ながら白い騎士は落胆したように、魔力が天へと伸びる瞬間だった。
俺は笑って言い放つ。
「――俺の勝ち」
俺は右手一本で剣を持つ。
なぜ？
それは左手にこの状況をひっくり返すアイテムを持っているから。
俺は隠していた左手に持っているものを起動した。
これが俺の作戦だった、たった一本の、か細い糸の上の作戦。
先ほど影が光に照らされて、小さくなったことを見て思いついた作戦。
成功するかは定かじゃなかった。
それでも絶対につかみ取る。
ポチッ。

俺が指を操作して押したのは、液晶画面。
それは俺の『スマホ』だった。
現代の武器。
その現代の武器が持つ機能は通信が主だろう。
戦う道具になるわけがないし、そもそもキューブの中では電波は届かない。
でも一つだけこいつには今この場に限ってだけ効果がある機能がある。
別にメインでもないサブ機能、それでも今は最大の力を発揮する標準機能。
それは、かつて人が手にした偉大な武器。
数万年世界を覆ってきた巨大な闇を、夜という世界最大の影を打ち倒した科学の光。
稲妻は恐怖だ。
人類は生まれて以来それに恐怖し、抗《あらが》えずただ震えてきた弱い生き物だ。
だが人類は乗り越えた。
何世代と受け継がれる意思によって、雷すらも電気という力に変えた。
愚直な天才達《たち》が努力の果てに解明し、手にしたのはテクノロジー。
その受け継がれてきた英知の光が——。
『！！？？』
——俺の闇をも打ち払う。
起動されたスマホ、直後ライトが光る。

俺はそのスマホを俺の背後の影の中心に向かって投げた。

スマホから照らし出された眩《まぶ》しい人工の光が俺の背後の影をまるで一刀両断するように中心で光によって切り裂いた。

この瞬間、転移先の影は『ライトニング』できるほどの大きさにならず、スキルは失敗した。

転移に失敗した白い騎士の魔力が震えだし、1秒という今の俺にとっては悠久の時間を作り出す。

俺の眼は黄金色に輝いて、世界の闇をも照らし出す。

「あぁぁぁ！」

俺の右手に握られた剣を、空中で回転させて器用に持ち替え逆手に持つ。

速度そのまま、震えて固まる白い騎士の首筋へと突き刺した。

俺はすぐにスマホを投げて逃がさないように、左手で白い騎士の右手をつかみ、剣をさらに深く突き刺す。

クールダウンから解放されたのか、あちらこちらに瞬間移動する『ライトニング』、しかしこれも予想通り。

触れている生物は、同時に移動する。

神の眼でこれは確認済み、だからこの状態からなら俺も同時に移動する。

世界はめまぐるしい速度で変わっていく、上も下も天も地もわからない。

それでも俺は絶対に離さない。

「あぁぁぁ！！！」

これが最後のチャンスだと、腹の奥から声を出す。

ここで仕留めきれなければ次はない、血を流しすぎて意識も朦朧《もうろう》としている。

だから絶対にここで終わらせる。

俺は力の限り、剣を突き刺した。

左手に込める力は、逃がさないために、命を守るために。

右手に込める力は、敵を倒すために、思いを貫くために。

俺は最後の最後まで、力の限りを振り絞る。

そしてその時はやってきた。

白い騎士が剣を落としゆっくりと地面に倒れこむ。

ステータスを確認すると、状態が死に変わっていく。

倒れた騎士は、仰向《あおむ》けに地面に倒れて光の粒子となっていく。

勝ったのかどうかも理解できず、ただ虚《うつ》ろに見つめていた俺にその騎士は言葉を紡いだ。

だが、先ほどの落胆していたような声ではなく、敗北し死んだと言うのにその声色はどこか嬉《うれ》しそうに。

『見事だ……今代の騎士よ。ランスロット……良き騎士が受け継いでくれたぞ』

俺の勝利を賞賛した。

動かなくなった白い騎士はそのまま光の粒子となって、消えていく。
俺はその場に座り込んだ。
「勝った……はぁ……しんど……」
どうやら俺は勝利したようだ。
この稲妻のごときチートスキルを持つ敵になんとかギリギリの駆け引きに勝利して。
『覚醒騎士昇格試験、クリア』
「よかった……これで終わりだ……」
安堵《あんど》と共に、俺は大の字になって静かに目を閉じた。
今はこの死闘の勝利にただ安堵して、体中の傷の痛みに身を焦がされながらも。
俺が大の字で横になっていると、あの声が急《せ》かすように告げた。
『奥へと進んでください』
「……速く治療しないと死にかねないしな……」
俺は最後の力を込めて立ち上がる。
戦うほどの力はないが、歩くぐらいならまだなんとかなる。
胸から血が滴っているが、よくこれで生きているなと笑ってしまう。
俺はあいつらが来た真っ黒な扉へと向かった。
その扉は光り輝いて、ボス戦後だけ通れるような扉。
ちょっとだけゲーム仕様だなと思った。

俺は投げ捨てたスマホと荷物をもって、その扉へとゆっくり進む。
よかった、バキバキに割れているがなんとか壊れていない。
このスマホには命を助けられたのだから感謝して修理してやらないと。
今度軍事用の金属ケースにでもするか。
「眩しい……ここは？」
その光の扉を通った先、そこは小さな部屋だった。
学校の教室ほどの小さな部屋。
そこにあるのは古びた……。
「鎧と剣？　これって……まさか」
それは先ほどまで死闘を繰り広げていた白い騎士。
白と黄色の甲冑《かっちゅう》を来た『ライトニング』を操る騎士だった。
ただし、動く気配はない。
鎧も錆《さ》びて、今にも崩れ落ちてしまいそう。
その騎士が部屋にぽつんとある石造りの椅子に座っている。
「一体……」
俺はその騎士に近づいた。
今にも動きだしそうだが、俺が近づこうとも何の反応もない。
その首には、銀色のタグ。

「このタグと一緒だ……」

俺はそのタグに触れた。

その瞬間だった。

黄金のキューブの時と一緒。

俺の脳裏にただ情景が流れていく。

◇記憶の旅

「ライトニングさん！　俺！　俺、絶対ライトニングさんみたいな強い騎士になります！」

目の前には少年がいた。

年は俺と同じぐらいだろうか。

目を輝かせ、尊敬し、憧れるような表情で俺を見る。

木剣だけを握りしめて、白い胴着のような服を着た少年。

ここは、剣道場？　何かの稽古をしているのだろうか。

周りには多くの少年が、同じように剣を握って素振りしていた。

そしてその背には小さな翼。

人じゃないんだろうか。

「どうやったら強くなれますか！　俺、魔力が少なくて！　でも剣技ならだれにも負けないつもりです!!　誰よりも剣を振ってきた自信があります!!」

するとその少年の頭が白い甲冑を着た騎士になでられた。

「ははは！　焦っても試験は早まらんぞ。それにお前が挑戦するのは、アテナ様の騎士選定試験だ。試練内容は明かされていないが、強ければ良いという試験なわけがあるまい。だが、1つアドバイスするとしたら。強くあれ、思考を止めるな、そして何よりも慈愛に満ちた優しさを。きっとその先にお前は――」

そして目線がその少年と同じになったと思ったら、俺はとても優しい笑顔で微笑《ほほえ》みかけていた。

「――闇を照らす光となれる。期待しているぞ、我が弟子。ランスロット」


〜


突如視界が暗転したかと思うと俺は戦場にいた。

「ライトニングさん！　もう持ちません!!」

俺は戦っていた。

そして俺はさっき戦った騎士のライトニングだった。

相手は黒い騎士達《たち》で、白い騎士達は必死に抵抗した。

黒い騎士だけではない、そこにはさまざまな魔物達がいた。

それこそ王種、帝種といった凶悪な魔物達。

「諦めるな！　今、姫様が最後の儀式を完遂させようとしている!!　ランスロットなら！　あいつなら必ず姫様を守り切るはずだ!!　それまで絶対にここを抜かせるな!!」

自分達の数万倍いる敵と戦う白い騎士達。

全員が一騎当千の強さを誇る、今の俺よりも圧倒的に強い騎士達。

戦場を駆ける稲妻が雷鳴轟《とどろ》かせ、千の軍勢を焼き払う。

それでも。

「ぐはっ!!」

敵は万を超えている。

さらには化け物のような強さの敵が一体、まるで神話に出てくるヘラクレスのような強《きょう》靭《じん》な肉体をした男が戦場を蹂躙《じゅうりん》している。

稲妻のごとき速度で戦場を駆け、その敵と相対する。

その戦いは神話の戦いと呼ぶにふさわしき次元の違う戦いだった。

しかしそれも体力の限界がきて、ついには打ち倒される。

「残念だ。お前とは一対一でやりたかったものだがな」

その男に胸を貫かれた俺は、その場で膝をついた。

「侵略者共め……はぁはぁ……ここま……でか」

もうだめかと思った瞬間だった。

その時俺の体の中心から光が溢《あふ》れる。

「これは……ふふ、そうか、やりきったのだな。ランスロット……」

「なぁ!?」

その光は周囲を包み込み、そして黒い騎士達を次々に吸収していった。

俺は最後の力を振り絞るように、黒い騎士達を見つめて言い放つ。

「待っていろ、黒よ。いつかだ……いつか我々の力を、我々の光を全て受け継いだ者が現れる。その者が必ずお前達をうち滅ぼし、世界を照らす光となる。必ずだ！　だがそれまでは……」

やがて色鮮やかな四角い箱、まるでキューブのようになったその光とともに。

「我らと共に眠ってもらうぞ」

◇

「……今のは」

俺は元の部屋に戻っていた。

その光と共に、視界が真っ白になり気が付くと元の部屋にいた。

俺が手に持っていた銀色のタグは光の粒子となって消えていく。

俺はまた同化していたのかもしれない。

回らない頭のまま俺は目の前の鎧《よろい》に触れようとした。

きっとこれは俺が今同化した人、この人の記憶の旅に出たんだろう。

そして先ほど戦ったのもおそらく。

「一体過去に何があったんですか……ライトニングさん」

さっきのは一歩間違えれば死んでいたような戦いだった。

それでもどこか俺はあの白い騎士を悪だとは思えなかった。

敵ではあっても悪ではない、いや、そもそも敵ですらないのかもしれない。

俺がその古びた鎧が手に握っている錆びた剣に触れた瞬間だった。

『……個体名：天地灰《あまちかい》。覚醒騎士に昇格、スキル：ライトニングを獲得しました』

「そっか……」

俺が触れた瞬間、光の粒子となってその錆びた騎士は消えていった。

その光の粒子の1つがゆらゆらと俺の中に入っていく。

その瞬間に、あの無機質な音声が俺の昇格とスキル獲得を告げた。

「俺は託されたんですね……力と……想《おも》いを」

会ったこともない人だ。

それでも一瞬の同化だけで俺はこの人がとても温かい人だということがわかった。

まるで父親のようなぬくもりすら感じた。

その騎士が光の粒子となって消えた後、その座っていた椅子には文字が書かれていた。

俺はその文字に触れ、そして読んだ。

『黄金色に輝く光がいずれ世界を覆う闇すらも払わんことを。我らが光を受け継ぎし、今代の騎士よ。頑張れ——白の国、神衛隊隊長ライトニング』

その一文は、あの黄金のキューブに書かれていた石碑と同じ一文。

それに加えられたのはただ俺へのエール。

その文字を呼んだ瞬間、俺の体を光の粒子が包み込む。

これはキューブを攻略した時と同じ現象。

だからおそらく。

「終わりか……結局何もわからなかったけど……それにしても」

俺はその場で倒れこむように地面に倒れる。

仰向《あおむ》けになっていつものようにつぶやいた。

「俺はいっつもぎりぎりだな」

「灰君！　待ってい──……お、大怪我《おおけが》じゃないか!!」

「すみません、田中《たなか》さん。わがまま言います。病院へ連れて行ってください。もう無理……」

元居た場所に転移した俺はすぐに田中さんに助けを求める。

服が真っ赤に染まり、傷もまだ閉じていない。

先ほどまではアドレナリンで何とか動けている状態だったが、その効果も薄れている。

俺はもはや体が動かず、その場でうつ伏せに倒れこんでしまった。

今すぐに眠ってしまいたい。

「わかった！　すぐに運ぼう！」

田中さんは、そのまま病院へと連れて行ってくれた。

車に乗せられ、後部座席で横になる、血で汚してしまったがあとで弁償しよう。

(あぁ、もうこのまま寝ていいかな……吐きそう、やばい意識が)

いつもの貧血が俺を襲う、今日はそれに加えて全身の切り傷が燃えるように熱い。

これは輸血パターンだなと乾いた笑いが出てくる。

それでもギリギリ保っていた意識のまま、田中さんに肩を担がれる。

どうやら病院についたようだ、本当に目と鼻の先だったな。

肩を担がれ病院の中に運ばれている間、俺は田中さんに告げられた。

「灰君。これは今言うべきじゃないかもしれないが……一応伝えておく。今東京に滅神《めつじん》教《きょう》が現れて景虎《かげとら》会長達が対処している。私も先に東京に戻る」

「え……そんな……俺もいきま――ゴホッ！」

「その状態では無理だ、はっきり言おう、足手まといになる。もし来るのなら……治療して、それから来てくれ。私は現地で対応をする必要があるから戻る。凪《なぎ》ちゃんと彩《あや》君は戦場にはいないはずだから安心してくれ」

「……わかりました」

俺は薄れゆく意識の中、拳を握って頷《うなず》く。

こんな体調で向かっても確かに無意味、むしろ俺を守ろうと皆の邪魔になる。

なら早くヒールしてもらい、輸血してもらって、まともな戦力となってからの方がいいだろう、ここでの問答すらも無駄な時間になる。

するとお医者さん達が慌てて走ってくる。

「すぐに運びます！　この上に！」

移動式ベッドというのだろうか、あの重傷者を運ぶタンカのようなものをもって走ってきた。

車の中で田中さんが電話していたのだろう。

俺はそのベッドに乗せられそうになる。

もう何も考えられないし、今すぐに意識を失いそうだ。

それでも最後の力を振り絞り一歩だけ足を進め、その影を踏む。

「ん？　灰君どうし……」

「すぐいきま……す……」

「灰君!?……では、先生頼みます！」

「はい！　伊集院《いじゅういん》先生がいます、問題ありません。おい、急いで運ぶぞ!!」

そして灰は意識を失い、そのまま運ばれていく。

「灰君……1時間ほどか……残念だが仕方ない。レイナ君も龍之介《りゅうのすけ》も会長も強い。あの3に委ねるしか……」

田中はその背中を見ながら、その場を後にし東京へと向かった。

会長達が東京へ向かってすでに1時間が経過していた。

◇それから少し時は進み東京　日本ダンジョン協会東京支部
「か、会長……申し訳ありません」

ダンジョン協会　覚醒犯罪対策課エースの椿《つばき》は戦った。

しかし、敗北し今は道路の上に倒れている。

致命傷ではないが、戦うほどの力は既に残っていない。

意識が朦朧《もうろう》とし、今にも闇に落ちてしまいそう。

A級上位の椿をもってして、時間稼ぎ程度にしかならない戦いが終わった。

そしてその戦いを中継していたヘリが1機。

「見、見えますでしょうか……今東京は大変なことになっております。本日朝9時ごろ、滅神教《めつじんきょう》の大司教を名乗る4人がダンジョン協会を攻撃しました。それを会長の懐刀と呼ばれる椿小百合《さゆり》をはじめとする協会のA級が多くのギルドを率いて戦いましたが……結果はご覧のようです……」

テレビのアナウンサーが撮影用のヘリの上から日本中に中継する。

その先には燃えるダンジョン協会、廃墟《はいきょ》のようになった一区間。

そのビルのがれきの上に立つ4人のローブに包まれた存在。

その眼下には、死体がいくつも転がっている。

ダンジョン協会を守ろうとして死んだ協会職員、国の一大事と飛んできたアヴァロンの精鋭達。

いずれも名の通った覚醒者、A級キューブ攻略者だっていた。

彼らはこの世界の紛れもない上位者達だった。

その数は100人にものぼった。

だが、そのすべてが敗北した。

S級、その神のごとき力の前では、彼らと言えどまるで塵芥《ちりあくた》のように敗れ去った。

巨像と猫。

連携し、小細工し、作戦を立てた。

それでも届かぬ遥《はる》か高き魔力という圧倒的暴力。

時間を稼ぐことで精いっぱい、それすらも滅神教《めつじんきょう》にとってはわざとだったのかもしれない。

「や、やばいですって！　これ以上近づいたら殺されますよ!!」

カメラマンの男は、危険だと叫ぶ。

「なにいってんの！　滅神教《めつじんきょう》よ？　過去最高の視聴率よ!!」

「そんなん言ってる場合っすか!!　俺は死にたくないっす!!」

「バカね、死なないわよ。むしろ報道をやめた方が危険だわ」

「え？」

「多分奴《やつ》らは私達《たち》に攻撃しない、相手はS級。本気をだせば一瞬でこのヘリぐらいあそこからでも落とせるもの」

「じゃ、じゃあなんで!!」

「見せたいのよ、奴らはこの国中に、いや世界中に。だから私達は生かされて、報道を許されている」

「そ、そんな……」

「続けるわよ、奴らの主張を国民へ。良いも悪いも事実を伝える、それがジャーナリズムってもんだから、包み隠さず事実だけを日本、いや、世界中に!!」

「気合入りすぎですって!!　やべぇーよ……母ちゃん、俺死ぬかも……」

だがアナウンサーは怯《ひる》まない。

そのマイクで東京の空から実況を続ける。

「聞こえているかな?　日本のダンジョン協会職員諸君。まだ息のあるものもいるだろう」

すると一人のローブの男が、眼下の燃える協会に向けて声を届ける。

まるで熊のような体格は、景虎会長よりも大きいが黒のローブに包まれてまるで巨大な岩のよう。

その声に、まだ息のある敗北者達が顔を上げる。

「再度我々の要求を伝えよう、少しは考え方が変わっているといいのだが……」

そして男はもう一度要求を伝えた。

「天地灰をだせ、そうすればこれ以上この国に被害は与えない」

男達の要求は灰を出せというものだった。

彼らは灰の家を襲撃した、しかし運よく誰もいなかった。

なぜなら灰は今沖縄にいるから、そしてそれを知るのは関係者のみ。

それを滅神教《めつじんきょう》は灰をダンジョン協会が隠していると勘違いした。

隠蔽しているという点では相違ないが。

「我々の要求はそれだけだ。何も難しいことではない、たった一人の男を差し出すだけでこの国は助かるんだぞ。何を迷う必要がある。もし要求がのまれないのであれば」

その男の後ろ、大きな声で話す男に比べれば随分と細い。

しかし、十分体格は良い髪が紅《あか》い男が手を上に掲げる。

直後現れたのは、まるで小さな太陽。

S級という近代兵器を凌駕《りょうが》する魔力の魔法使い。

その基本技、ファイアーボール。

ただしその威力は、核兵器とまではいかないが、落とした場所半径100メートルを焼野原に変えるほどの威力を持つ。

その威力を弱めた攻撃が初撃でダンジョン協会本部を襲ったのだから。

「これをお前達の頭上に落とす。その次は東京中にだ、天地灰《あまちかい》を出すまで終わらんぞ、この国中を焼野原に変えてもいい。我々が手加減するとは思わないことだな」

これを東京の人口密集地に落とせば何人が死ぬかもわからない。

避難は始まっている。

我先にとダンジョン協会のある東京、霞《かすみ》が関《せき》から多くの要人、一般人が逃げ惑う。

本来指揮を執るべき日本ダンジョン協会の副会長が真っ先に逃げ、それに追従する形だった。

幸いに1時間という時間は、その周辺から一般人を退去させることには成功していた。

だが、滅神教《めつじんきょう》のその男は灰をここへ呼び出せと命令し、でなければこれを国中に落とすと言ってのける。

その声は電波にのって日本中へと伝えられた。

「あ、天地灰ってのは誰だよ！」

「早く出て来いよ、お、おまえのせいだろ!!」

「なんで関係ない人が死ぬんだよ!!」

「なんでもいいから、早くでてきてよぉぉ！！！」

その国中の逆恨みの声は灰に向かう。

協会に家族がいるものも多く、その行き場のない怒りはねじ曲がって灰へと向いた。

悪いのはまるで灰のように、国民の声は次第に怒りに変わっていく。

しかし、それは違うと一人の職員が立ち上がる。

「はぁはぁ……お前達の要求は……絶対に飲めない」

それは椿だった。

震える足を精一杯手で支えてもう一度立ち上がる。

血だらけになりながらもその眼《め》には炎を失わない。

「天地灰は……大事なこの国の……国民の一人だ。お前達のようなテロリストに渡すわけにはいかない……」

「その一人のために多くの国民が死んでもか？　綺麗事《きれいごと》ではないか？　それは」

「天秤《てんびん》ではない、人の命は。我が国は……長い歴史と多くの血を流し、法だけが人を裁ける法治国家だ。テロリストには……力には決して屈しない。どんな些細《ささい》な要求だろうと……それは変わらぬ。お前達のやり方を、力による支配を我々は絶対に認めない……それが我々のこの国の……矜持《きょうじ》だ」

血だらけになりながらもその力強い目と、折れない心に岩のような男は少し笑う。

「プライドか……難儀なものだな。だがお前のような強い女……私は嫌いではないがな。しかし我々にも目的がある、正義がある、大義がある。ならば止まるわけにはいかぬ、だから……この国の人間を燃やし尽くしてでも、達成する！　いつまでそのなけなしのプライド貫けるかな！　フレイヤ!!　やれ!!」

そのフレイヤと呼ばれた男が再度手を上に掲げる。

小さな太陽が生まれ、それは真っすぐと椿へと向かって飛んでいく。

灼熱《しゃくねつ》の炎が、空気すらも燃やし尽くしS級の魔法が日本へと落とされる。

それはまるで過去の大戦を終わらせた巨大な爆弾のように。

しかしこれは始まりの炎、終わりの炎ではない。

「……すみません、会長」

椿がその火の球をみて、死を覚悟し目を閉じた時だった。

「よう言った、椿!!　それでこそ儂《わし》の部下じゃ!!　レイナ、その火の球止めろ!!」

聞き覚えのある声が聞こえてくる。

いつもふざけているのに、ここぞという時には誰よりも頼りになる声がする。

年はもう70を超えているのに、いまだにこの国のトップに立つ声が。

そしてもう一つ、透き通るような透明な声がする。

「光の盾……」

その声と共に銀色の壁が空に現れる。

その壁に火の球が直撃するが、まるで何もなかったかのようにその盾は全てを守る光の盾。

椿達に一切のダメージはなく熱すらも通さない。

そして最後にもう一人。

真っ黒な刀を手にもって、無精ひげを生やしまるで傭兵《ようへい》のような男。

その刀が壊れそうなほどに強くにぎり、その腕の血管を浮きだたせる。

いつもやる気はなくだるそうにしているだけなのに。

今日だけは違っていた。

その男は、転がっている死体の1つの前に来てしゃがむ。

その死体の見開いた目を優しく手で閉じさせた。

「……悪い、間に合わなかった」

そして見上げるのは、神を殺すとうそぶく大司教の4人。

「……お前ら……覚悟はできてんだろうな……」

それは本気で怒る日本最強の侍の姿。

体中から真っ黒な魔力が噴き出して、それはまるで怒れる黒龍のように空気すらも震えさせる。

その黒龍が、叫ぶのは怒りの咆哮《ほうこう》。

「ぶっ殺される覚悟が!!」

「やっと現れたか……拳神。それに白銀の氷姫、そして黒龍こと天道龍《てんどうりゅう》之介《のすけ》。そうそうたる顔ぶれだな。この国の守護者たちか」

その岩のような男、滅神教《めつじんきょう》の大司教の一人が景虎《かげとら》たちを見て笑った。

景虎たちは、沖縄から成田空港につくや全力でここまで走ってきた。

彩《あや》と凪《なぎ》はここではなくそのまま空港で待機させている。

彩は無理やりついてこようとしたがそれは会長によって止められた。

ここから先は戦場だからと。

「すまない、椿《つばき》君……儂がおれば……」

景虎会長が倒れそうになっている椿を抱き上げる。

「いえ、さすが会長。幸運の持ち主です。会長だけがここにいたのならあなたの性格上、奴らと4対1でも戦っていたでしょう」

椿は少し安堵《あんど》して笑う。

どこまでも運のいい人だと、仮に景虎が沖縄に行っていなければここに転がっているのは景虎の死体だったかもしれない。

景虎といえど相手はS級四名、勝ち目はない。

「……すぐに病院へつれていく」

「会長、奴らの狙いは天地灰君です。私には理由はわかりませんが……」

「……わかった」

会長は大きな声で、周辺のまだ動ける攻略者達に指示をだす。

「けが人を急いで救助！　その後退避！　急げ!!　ここは儂らが受け持つ！」

その指示のもと、次々とけが人が連れていかれる。

様子を見ていた職員達や、アヴァロンの生き残り達が立ち上がる。

「そんな悠長なことをさせるとでも？　ファイアーボール」

その様子見た、フレイヤと呼ばれた滅神教《めつじんきょう》の大司教の一人が手を上に掲げる。

ローブをとって、顔を見せた。

紅い髪で、瞳も紅い、まるで火のような中世的な顔をした男。

そして再度巨大な火の球が生成され、間髪いれずに椿達へと轟音《ごうおん》を上げながら落とされる。

その大きさは先ほどの倍以上、ならば破壊力はそれ以上、死体すら残らず一瞬で消し炭になる火力。

「光の盾……」

しかし、それは通らない。

レイナの絶対守護の銀色の盾にぶつかって、爆風と熱風が吹き荒れる。

そのおかげで一切のけが人はなし、レイナの光の盾を超えることはその火球には不可能だった。

「……銀野《ぎんの》レイナ……面倒な女だな、能力の相性が悪い。ならば数で!!」

フレイヤが小型のファイヤーボールを大量に顕現させる。

「まぁ待てフレイヤ。あんな有象無象どうでも良い、逃げるというのなら逃がしてやろう、我らは虐殺にきたのではないのでな」

「ローグさん……わかりました。この場はあなたに任せます」

そういってその岩のような男の指示に従うフレイヤ。

ローグと呼ばれたそのまるで岩のように巨大な体軀《たいく》の男はローブを脱ぎ捨てる。

金髪に青い目、米国人であり歴戦の猛者、その体はまるで会長のよう。

年は会長ほどではないにしろ、しっかりと中年の男。

だが体格は腹など一切でずに、いまだ鍛え上げられている軍人のような男だった。

「景虎……久しいな。あの日以来か。あの封印の儀から……もう10年か」

「……ローグ。おぬしももう暴れるような年じゃないじゃろ」

「ははは！　お前に年のことは言われたくはないな。だがお前は話がわかる男だ、もう一度言おう。天地灰を渡せ。そうすればここは引いてやる」

「それはできんな」

景虎はその要求を検討の余地もないと突き返す。

「……お前達《たち》は気づいているのか？　あれが何なのか」

「灰君のことか？　ああ知っているとも」

「ほう……」

「ただ優しく強く、そして心に一本の芯を持っている。さらに言えば儂の孫の思い人。そして儂の後継者じゃ、なんてことはない。儂が守るべきこの国の国民の一人だ」

「……そうか、あくまで白《しら》を切るか」

「逆に儂らこそ聞かせてほしいのう。なぜ灰君を狙う」

「ここで死ぬお前達は、知らなくてもいいことだ」

「よいじゃろ、ちょっとだけ、昔のよしみで。そうすれば灰君の居場所を教えてやろう」

「……」

会長は会話で時間を稼ぐ。

目的は色々あるが、一番はけが人の退避。

ここで争えば、間違いなく助かる命が消えうせる。

相手はＳ級、手加減する余裕もない。

だから少しでも会話を伸ばそうとする。

その景虎の一見余裕のようだが額に汗を書いている様子を見てローグは笑う。

「ははは、時間稼ぎか？　丸くなったな、あの頃のお前に比べて」

「儂も年じゃしな。守るものが多くなった、お前と違って」

「守るものが次々と増えて羨ましいよ。私はいまだにたった1つ、守れなかったものを引きずっているのだから……だが、だからこそこの既存の神の世界を壊さなくてはならない」

　そのローグの目の奥に燻《くすぶ》る後悔の炎。

　それを景虎は見つめる、決して消えはしない悲しい炎。

「……ローグよ、もうやめんか？　これ以上続けてもお前の妻は……もう」

「わかっているよ、オリヴィアが生き返らないことぐらい。だが誰かがやらねばならぬのだ、これ以上悲しきものが生まれぬように。その使命を負ったのが私だったというだけのこと」

「……もう届かんのか、儂らの声は」

「すまんが聞こえんな。オリヴィアの最後の声が耳に残り続けて」

　そのセリフに説得は無理だと景虎が目を閉じる。

　ローグも、短剣を取り出して逆手に持ち替えまるで軍人のように構える。

「俺が景虎をやる。フレイヤ、ゾイド。お前達は2人で天道をやれ、そいつが一番強い」

「わかりました、ローグさん。ゾイド、前は任せた、俺は後ろから援護しよう」

　そういって紅《あか》い髪の男、S級の炎の魔法使いフレイヤは天道を見る。

そしてもう一人ローブを取ったのは、西洋の騎士のようで、ゾイドと呼ばれた男。

甲冑《かっちゅう》を着て、身の丈ほどの大剣を持つ、その男も天道を見て無言で頷《うなず》いた。

「おい、俺は2人かよ。うちにはレイナもいるんだぞ」

「誇るがいい、お前はS級の中でもひときわ強い。2人でなければ確かに勝てない。そういう意味では銀野レイナも間違いなく強者だが……あれには最もふさわしい相手を用意しているからな」

その言葉にレイナも戦闘態勢。

右手には光の剣を、左手は光の盾をいつでも発動できるように。

すると、レイナの前にその最後のローブの滅神教《めつじんきょう》の大司教が近づく。

「……誰」

レイナはそのローブの敵を見つめた。

その言葉に応えるようにフードを脱いで、優しく透き通る声で答える。

「久しぶり、ずっと会いたかったわ。レイナ」

その声に、景虎と天道がまさかとそのローブの女を見る。

冷や汗を流し、そんな馬鹿なとその女を見る。

「……やはり生きておったのか」

その女は、妖艶な美魔女、年は30代半ばごろにして衰えぬ美貌を兼ね備える。

レイナと同じ銀色の髪を腰まで伸ばし、にっこり微笑《ほほえ》む姿はまるで優しい聖母のようにすら見えた。

「うそ……なんで……なんで……」

だがその目だけは何も映さない真っ黒な色。

それを見たレイナがとたんに震えだす。

膝をついて、頭を抱え、涙目で嗚咽《おえつ》を漏らす。

「レイナ……もっと顔を見せて。あぁ！　本当に会えて嬉《うれ》しいわ。レイナ！　ずっと会いたかった。あの日からずっと、ずーーっと。……私の……私の可愛《かわい》い」

その女の名はソフィア。

「……レイナ!!」

銀野レイナの実の母だった。

◇田中《たなか》が灰《かい》を置いて出発してから1時間後。
「……あれ？　ここは？」

俺は病院の一室で目を覚ました。

知らない天井、白いベッドの上、横には古いタイプの小さなテレビがついている。

「起きたか……さすがはS級。驚異的な回復力じゃな」

俺の横にはお爺《じい》さんが座って両手をかざしていた。

そのお爺さんの手からは優しい緑の光、これは治癒魔法の時の光だ。

「もう少しじゃから座っとれ……跡が少し残るがとりあえず傷は塞がっとる。A級の治癒魔術師で日本のブラックジャックと呼ばれた儂《わし》に感謝するんじゃな」

「は、はい……（それただのブラックジャックじゃ……）」

その冗談なのか本気なのかわからないお爺さん。

俺が起き上がろうとすると俺を手で制する。

どうやら俺はまだ回復させられているようだ。

「まったく……攻略者はこれじゃから嫌なんじゃ、無茶ばかりしよって……治すほうの身にもなれ、まぁ、儂なら死んでさえいなければ全部治してやるがな！　がはは！」

「す、すみません、ありがとうございます」

ＴＨＥ職人という感じのお爺さんだな。

でも医者としての腕は確かなようだ、治癒の魔術師が医者としての知識を持つとどの部位から治せばいいかなどが判断できるためより生存確率が上がると聞いたことがある。

しかも名医こと、ブラックジャックなのなら死んでさえいなければ本当にどんな傷も治せるのだろう。

「それに今東京は大変なことになっておる、また孫の仕事が増えるな……物騒な世の中じゃ。滅神教《めつじんきょう》らしいぞ、お前さんも戦いにいくのか？　外に軍人が待って居ったぞ」

俺はそのお爺さんが見据えるテレビを見た。

「そんな!?」

そして俺は朦朧《もうろう》とする意識を覚醒させて思い出す。

今この国で何が起きているのか、俺が倒れる前に田中さんが言っていたことも。

そこには東京で起きている滅神教《めつじんきょう》のテロ行為が映し出されている。

レイナ、天道《てんどう》さん、景虎《かげとら》会長が滅神教《めつじんきょう》と戦う姿が。

そしてもう一人、いつも俺を助けてくれる田中さんがレイナに向かって走っていく姿も。

◇一方　東京
「ぬぅ!!　龍之介《りゅうのすけ》！　レイナを助けろ！」

「それができたら苦労しねぇ!!　レイナ、とりあえず全力で逃げろ!!」

景虎は、ローグと一騎打ち。

天道は騎士のような男、ゾイドと魔法使いの男、フレイヤとの2対1。

どちらも全力で戦ってなお、均衡している状態だった。

そしてもうひとペア。

レイナとソフィア、娘と母も戦っている。

だが、それは戦いというものではなかった。

「レイナ、お願い。動かないで……今度はちゃんと全部封印してあげるから」

「いや、いや!!」

レイナは泣きじゃくりながらも一歩一歩、後ろに下がる。

ソフィアは優しい笑顔でレイナへと歩を進める。

「レイナ、いい子だからね？　ちゃんと封印しないとだめなの、そしたらあなたは神から解放されるからね。だから……あんまりママを困らせないで」

「やだ、やだ……」

レイナは過去をフラッシュバックする。

想像もしたくないおぞましい過去、封印の儀式と呼ばれる過去の記憶を母の顔を見て思い出していた。

「レイナ……」

「いや!!」

ソフィアがレイナに触れようとした。

レイナは反射的に、泣きながらその手を振り払う。

その瞬間だった。

あんなにやさしそうに笑っていたソフィアの表情が曇りだす。

氷のように冷たくなって、怒りをため込み噴火する火山のよう。

「なんで……なんでお前はママのいう事を聞けないのよぉぉ！！！」

「ひぃ……」

その怒声にレイナは震えた。

「前は右足と右手だけしかできなかったから、半分しかできなかったの。だから今日は全部やろうね、レイナ。そしたらレイナは神の支配から抜けて自由になれるのよ!!」

「あぁぁ……」

レイナは思い出す。

かつての儀式、台座のようなものに磔《はりつけ》にされた自分。

その右足と右手に剣を突き刺され、絶叫と涙と血が止まらなかった。

その傷は今も残っている。

「ママやめて、お願い。許して……」

まるで小さな子供のように泣いて震えるレイナ。

もはや戦うことなどできる状態ではない、それほどに彼女にとってトラウマだった。

「レイナ。あとは左手と左足、そして最後に首。それで完成だから……ねぇレイナ。私があなたを救うからね。ママがあなたを守るからね。大丈夫だからね」

レイナにソフィアの手が振り上げられる。

優しい表情と言葉とは裏腹にその狂気はレイナの命を奪おうとしていた。

レイナはぎゅっと目をつぶる。

抵抗することなどできないほどに恐怖で震える。

その直後だった。

「ファイアーウォール！」

炎の壁がレイナとソフィアの間を隔てる。

「レイナ君！　逃げなさい！　ここは私が時間を稼ぐ!!」

そこに現れたのは田中一誠《いっせい》。

A級魔術師にして、ギルドアヴァロンの副代表。

田中は灰がすぐに迎えるように米国に依頼して、軍事戦闘機を二台用意させていた。

田中は灰が攻略している間に米国に交渉していた、米軍は元々ダンジョン協会経由で滅《めっ》神教《じんきょう》からの防衛を依頼されていたのでそれを快諾した。

沖縄普天間基地から直接東京へとその戦闘機で到着する。

その速度は旅客機の比ではない。

そして今、この現場へと間に合った。

レイナとソフィアの間に炎の壁を作り出し、間へと走って泣きじゃくるレイナを抱き上げようとする。

「田中君！　よくぞ！」

「よそ見をしていいのか、景虎ぁぁ!!」

「くっ！」

その田中の到着に一瞬安堵《あんど》する景虎。

レイナとソフィアならレイナのほうが圧倒的に強い、だがレイナはソフィアと戦うことはできない。

なら田中の参戦によって何とかなるだろう、なぜなら景虎達《たち》の記憶ではソフィアはA級の下位の強さだから。

それでもレイナにとっては相性が悪すぎる。

しかし田中は違う、景虎はこれならいけると考えた。

だが、その景虎の安堵した顔を見てローグは笑いながら否定する。

「もしかして、ソフィアがまだ弱いと思っているのか？　確かに10年前はよくてA級ほどの強さだった、しかしあいつのスキルは特殊だっただけだ。滅神教《めつじんきょう》の大司教が弱いわけがないだろう？」

「大司教……S級……まさか……田中君！　レイナを連れて逃げろ、戦うな！　何か悪い予感がする、ソフィアは——!?」

景虎が何かに気づき声を上げる。

田中にその場から逃げろと大きな声で指示を出した。

ソフィアは何かしらの力で成長している、それが何なのかまでは景虎たちにはわからない。

だが経験からか嫌な予感がした景虎は、田中に叫ぶ。

このままでは田中《たなか》が危ない、何か背筋が凍るような気持ちになる。

だが、すでに遅かった。

ソフィアの狂気は、もはやどうしようもないほどに狂っている。

力無き者の命などに、躊躇《ためら》うことなど一切ないほどに。

「お久しぶりですね、田中さん」

火の壁の向こう側でソフィアと田中が会話する。

「ソフィアさん……そのまま止まってはくれませんか。一心《いっしん》はこんなこと望んでいない」

「ふふ、相変わらずですね。あなたは……でも今はゆっくりお話する時間がないので――」

それは、一瞬の出来事だった。

「――死んでください」

真っ赤に染まるソフィアの手。

真っ赤に染まるレイナの顔。

しかし傷ついたのは２人ではない。

「!?……ゴホッ！」

その血は、田中の血。

火の壁など何も意味がないと荒野を歩くがごとく真っすぐ進むソフィアが、その手で真っすぐと田中の腹部を貫いた。

その速度は田中では反応できないほど速く、田中達の認識上のソフィアの強さではない。

命の炎を真っ赤な血で消そうとする狂気の手が、田中の命を終わらせる。

「た、田中さん！　いや、いや!!」

レイナは叫ぶ。

「一誠さん!!」

「よそ見をしている余裕があるのか？　黒龍」

「しまっ!?」

「田中君！……!?」

「いかせんよ、景虎」

「ぐっ!!」

それに一瞬気を取られた天道と景虎が攻撃を受けて瓦礫《がれき》に埋もれる。

これでは田中を助けることなどできない。

「レイナ……く……ん。に……げろ。灰《かい》君のところ……まで。彼なら……」

田中は貫かれた手を握りしめる。

少しでも時間を稼ごうと、死に体でありながらソフィアを摑《つか》む。

「田中さん！　田中さん!!」

田中はその場で膝をつき、血を吐きながらその目から光を失わせていく。

「私は……大丈夫……だ、レイナ君……はやく逃げなさ……い……」

この国の代表の一人として燃え盛っていた炎は、今にも消えそうなか細い火に変わっていく。

この場には田中を救えるものはいなかった。

レイナは泣きじゃくり、天道と景虎はその手を阻まれる。

レイナは動けない、逃げることすらもできない。

ただ冷たくなっていく田中を前に絶叫することしかできない。

そしてソフィアがもう片方の手を振り上げた。

「さようなら、田中さん。あちらで主人によろしく伝えてくださいね」

その一撃を止めることはこの場の誰にもできない。

ただ一人。

バチッ！


「──ライトニング」


闇を払う稲妻のごとき力を手に入れた彼を除いて。

「この人は俺の大切な人だ。絶対に殺させない」

そして絶望的な闇は、眩《まばゆ》いばかりの雷光でかき消され、覚醒の騎士は戦場に落ちる。

「あぁ!?　どこ目つけてあるい……す、すんませんでしたぁぁぁぁ!!　命だけは助けてください!!」


ヤクザのような男が、肩がぶつかった相手を睨《にら》む。

しかし、睨み返された瞬間自分の命が握られたような感覚になり過呼吸になりながら全力で土下座して謝り倒す。

ただ目が合うだけでそこまで恐怖を感じさせるほどの力がその男にはあった。


「おい、まだ何も言ってねぇだろうが」


天道龍之介《てんどうりゅうのすけ》、この国で最強の男だった。

たった一人いれば、今や形を失ったこの国の自衛隊すらも滅ぼせる文字通りの化け物。

魔力量でいえば、レイナの次に位置するが戦闘経験の豊富さからレイナと戦えばおそらく天道が勝利する。

それほどまでに鍛え抜かれた技術を持った黒龍の異名を持つ攻略者だった。

「ははは、お前は顔が怖いんだ。さぁ、もう行きなさい。別にとって食おうというわけではないのだから」

ビビり散らかして歩けないその男にしゃがむようにして優しく声をかけたのは田中一誠。A級攻略者であり、ギルドアヴァロンのナンバー2。しかし実態はナンバー1の天道の仕事もすべてこなすエリート社長。

「龍之介、お前はもちっと殺気を抑えろ。常に気を張っておっては疲れるじゃろうが」

「別に殺気を出してるわけじゃないんだが……やっぱり髭《ひげ》か……剃《そ》るか……」

そしてもう一人、名は龍園寺《りゅうえんじ》景虎《かげとら》。

日本ダンジョン協会の会長にして、天道に並ぶS級攻略者。

年も70を超え、今は引退した身としても未《いま》だ世界の頂点に名を連ねる強者でもあった。

「いらっしゃいませーー3名様ですね！って……景虎会長!?」

よさげな居酒屋に入ると店主が驚きながら声を上げて、合わせて店内がざわめいた。

「ふぉふぉ、今はただのおっさん3人じゃて。騒がしくてすまぬのぉ」

だが天道と違って柔らかいオーラを発し、人に好かれる会長は、強者であっても人を安心させる。

すぐに店内は落ち着きを取り戻し、3人は奥の座敷へと案内された。

「うひょー、今日は浴びるほど飲むぞい！　店員のお姉さん！　ここにあるメニュー、全部持ってきてくれ！」

「ぜ、全部ですか!?」

「全部全部！」

「大丈夫です。しっかいお代は払いますから……それに多分2周はするかと……この2人の食べる量は尋常ではないので」

「一誠《いっせい》さんは、小食ですもんね」

「あまり魔力を使わないからね……もちろん、私も攻略に向かった後は良く食べるが」

そういって男3人の飲み会は始まった。

「しかしあの坊主、中々気合入ってるな。じじぃ」

「そうじゃろ、そうじゃろ！　いずれ会長になる男じゃからな」

「灰君はうちのエースになる予定なのですけどね」


会話の中心はもっぱら灰のことになる。

天道にも、この沖縄の夜に灰のことは伝えられている。

灰が天道を信用しているのと、信用している田中が信用しているというのが大きな理由。

「しかし、一誠さん。あの黄金のキューブで死にかけたって」

「あぁ、そうなんだ。まだ詳しく話していなかったな……あれは本当にひどい試練だった」

それから田中は思い出すようにあの黄金色に輝くキューブの詳細を2人に話す。

力の試練、知の試練、心の試練。

あの3つの試練を超えるのは、並大抵のものでは無理だろう。と。

「俺は多分知の試練でその天使に向かっていってますわ。俺でも勝てねぇのか……」

「どうだろうか、同じくS級のアルフレッド中佐が戦意を喪失するほどだったからねぇ」

「なら無理でしょうね。一体何者なんっすかその天使」

「わからない。だが……私には天使というより騎士にも見えたがね」

「だが灰君が最初に気づいたのじゃろう？　頭の良い子じゃし、肝が据わっとるからな」

「ははは、そうなんです。お恥ずかしいことに私は頭が一瞬真っ白になって……でも灰君は、冷静にあの試練の特徴をとらえていた。あれは多分……」

「覚悟ですか」


天道が続けた言葉に田中《たなか》は頷《うなず》いた。


「あとから知ることになるけどね。灰君は死ぬ覚悟ができていた。妹のために、あのキューブで死んで遺族補償で治療を続ける覚悟が」

「……まだガキだってのに、泣かしやがる」

「そう、そしてその覚悟を知ったのが次の試練。心……今思い出しても身の毛がよだつほどに恐怖した」


万を超える最強種達《たち》が周囲を取り囲み、必ず死ぬと思わされた心の試練。

だが、結果は自己犠牲の精神こそが鍵だった。

それを見抜いていたとは思えないし、本当に死ぬ覚悟ができていた灰だからこそ、突破できた試練。

「あの時私はこの子こそが何か特別な使命を持つ子なんだと確信した。神の眼《め》、彼に与えられたのが正解だったんだ」

「そうじゃな、儂《わし》もそう思う。一歩一歩前に進む。しっかりと前を見て進む。あの子にはそれができる。儂らができることはあの子が成長できる環境を用意してやることぐらいじゃな」

「俺も稽古ぐらいつけてやるか……俺もあの坊主嫌いじゃねぇ。眼が良い。色んな意味でな」

「珍しいのぉ、龍之介が人を褒めるなんて」

「灰《かい》君はみんなに好かれるという一番素晴らしいスキルを持ってますからね」

「泡盛20人前でーす！」

「おぉきたきた！　さぁ一気一気！　ちょっと儂のいいとこ見てみたーい!!　ぐびぐびぐび！　おかわり!!」

「70過ぎて大学生みたいな飲み方すんな」

おっさん3人の夜は更けていく。

いつか灰もこの席に座るのだが、それはもう少し未来の話。

まだ20歳にもなれていないのだから。

「灰さんのことどう思ってるの！」

沖縄の夏の夜。
私はレイナに問いただした。
今日私は灰さんとキスをした。正直後ろめたさが残るようなキスをした。
灰さんの気持ちを無視したアーティファクトを作るという言い訳でキスをしたのだ。

「灰？……私の胸をよく見るなって」
「ぐふっ……」

確かに灰さんは、そういうところがある。
いや、男子高校生なら仕方ないのかもしれない。
レイナと街を歩けば、そういった視線が常なのだから。
でも灰さんは、頑張って見ないようにしていることがわかる。
それはそれで何か悔しい気持ちになるのだが。

「私だって大きいのにな……」

「そう？」

「あなたがおかしいのよ！　おっぱいお化け！」

「お化け……お化け？　私は生きてるわ。彩《あや》はどうしてそんなに灰のことが気になるの？」

「──!?　な、なんでもないわよ！」

「もしかして好きなの？」

「──!?」


この子はいつもたまに核心をついてくるからドキッとさせられる。

世界的モデル、世界的攻略者、私が持ってない者をたくさん持ってる。でも……守ってあげなきゃいけないと思わせる妹のような姉。

両親を亡くして、心を壊してしまった悲しい子。

私にとっては本当に姉妹のような子。


「す、好き……」

だから心を打ち明けられる。

「協力する？」

「きょ、協力？　ど、どうやって？」

「…………灰を捕まえる？」

「力技なのね……でも大丈夫。私は私で頑張るから」

「そう……うまくいくといいね」

「……ありがとう」

「じゃあ寝るわよ」

「……ねぇ彩。そっちいっていい？」

「シングルベッド狭いのに……はぁ、いいわよ」


そういってレイナは嬉《うれ》しそうに私の布団に潜り込んでくる。

実家でもそうだ。

私のベッドにたまに潜り込んでくるのだ。

しかも抱き着いてくるし、このでっかい子供の力すごいし。

正直ちょっと暑苦しくて寝辛《づら》いのだが。


「スピースピー……」

「もう寝ちゃった……」

「ママ……パパ……ぐすん……」

これを見ると離れてとはいえなかった。

本当に心はまだ小学生のようなレイナ、おじいちゃんから聞いたがずっと昔に両親を亡くし、そして母には殺されそうになった過去を持つ。

私も両親を亡くしているから寂しさはわかるつもりだが、実の母から殺されそうになるとは一体どれだけ辛《つら》いことなのだろうか。

「大丈夫よ……私がいるからね……」

私はレイナの頭を優しくなでた。

少し表情が和らいだが、ここ沖縄で何かを思い出したのか何時《いつ》もよりも強くうなされている。

確かここは、レイナの両親が結婚式を挙げた場所。思い出の地。

「何かが変わるといいんだけど」

ずっと心を封印しているレイナ、何かいいきっかけがあればいいのだけど。

そうして、私もレイナの手を握りながら眠りについた。

明日は灰さんはA級攻略、私達は日本に戻る。

灰さんが来てから色々と好転している気がする。

だからきっと未来は光り輝くはず。

だからもう少し頑張ろうね、レイナ。

あとがき

まずは本書を手に取っていただきありがとうございます。作者のKAZUです。
一巻から引き続き応援してくださりありがとうございます。

二巻、どうでしたでしょうか。
一巻では、試練を乗り越えて、そして苦しい戦いを乗り越えて少しずつ成長していく灰《かい》を書きました。
この巻では、彩《あや》やレイナ、景虎《かげとら》会長や目覚めた凪《なぎ》など新たな出会いを経て灰の世界がどんどん変わっていくのを書きました。

どんどん強くなっていく灰、でもその心は最初から何も変わっておらずヒーローのように誰かを助ける主人公は変わっていません。

少しずつ書いていますがこの世界の過去に何があったのか、滅神教《めつじんきょう》とは何なのか。灰は田中《たなか》さんを救えるのか。

色々考えていますがその辺は、三巻で明かされることになるかな？
激化していく戦い、少しずつ世界の強者達《たち》とも戦うことになっていく灰。
気づけば灰の名前はワールドクラスになっていく。っとその辺は次巻で！
よければまた次巻のあとがきで会えることを心から願っております。
では作者のＫＡＺＵでした！

OVERLAP

灰の世界は神の眼で彩づく 2
～俺だけ見えるステータスで、最弱から最強へ駆け上がる～

発　　行　2023年9月25日　初版第一刷発行

著　　者　KAZU
発 行 者　永田勝治
発 行 所　株式会社オーバーラップ
〒141-0031　東京都品川区西五反田 8-1-5
校正・DTP　株式会社鷗来堂
印刷・製本　大日本印刷株式会社

Printed in Japan　ISBN 978-4-8240-0606-6 C0193

作品のご感想、ファンレターをお待ちしています

あて先：〒141-0031　東京都品川区西五反田 8-1-5 五反田光和ビル4階　ライトノベル編集部
「KAZU」先生係／「まるまい」先生係

PC、スマホからWEBアンケートに答えてゲット!

★この書籍で使用しているイラストの『無料壁紙』
★さらに図書カード（1000円分）を毎月10名に抽選でプレゼント!

▶https://over-lap.co.jp/824006066
二次元バーコードまたはURLより本書へのアンケートにご協力ください。
オーバーラップ文庫公式HPのトップページからもアクセスいただけます。
※スマートフォンとPCからのアクセスにのみ対応しております。
※サイトへのアクセスや登録時に発生する通信費等はご負担ください。
※中学生以下の方は保護者の方の了承を得てから回答してください。

オーバーラップ文庫公式HP▶https://over-lap.co.jp/lnv/

オーバーラップ文庫
異能学園の最強は
平穏に潜む
～規格外の怪物、
無能を演じ
学園を影から支配する～
[その怪物――測定不能]
最先端技術により異能を生徒に与える選英学園。雨森悠人はクラスメイトから馬鹿にされる最弱の能力者であった。しかし、とある事情で真の実力を隠しているようで――？　無能を演じる怪物が学園を影から支配する暗躍ファンタジー、開幕！
著 藍澤 建　イラスト へいろー
シリーズ好評発売中!!

オーバーラップ文庫
10年ぶりに再会したクソガキは
清純美少女JKに成長していた
元・ウザ微笑ましいクソガキ、
現・美少女JKとの
年の差すれ違いラブコメ、開幕!
東京のブラック企業を辞め、地元に帰ってきた有月勇(28)。故郷で新たな生活を始めようと意気込む矢先、出会ったのは一人の清純美少女JK。彼女は勇が昔よく遊んでやった女の子(クソガキ)の一人、春山未夜だった――のだが、勇はその成長ぶりに未夜だと気づかず……?
著 館西夕木 イラスト ひげ猫
シリーズ好評発売中!!

神も運命も蹂躙せよ
竜の寵愛を受けし
「最凶」強欲冒険者
現代ダンジョンライフの続きは
異世界オープンワールドで!
The Continuation of Modern Dungeon Life
Have Fun in an Another World, Like an Open World!
しば犬部隊
illust
ひろせ
大好評発売中!!